夏目漱石 東洋と西洋の狭間で

■著者
九州看護福祉大学
高 継芬

梓書院

まえがき

　この本を手に取っていただき、ありがとうございます。

　あなたは、人間関係や自分がやるべきことは何なのか、悩んだことはありませんか？　明治時代の文豪、夏目漱石も、あなたと同じような苦しみを抱えながら生きていました。だからこそ、どのような時代になっても夏目漱石の作品は読み続けられているのだと思います。

　夏目漱石自身やその作品に関する本は、既にたくさん出版されていますが、この本は、他の本と少し趣向が異なります。漱石は漢文や英文に精通していました。幼少期に受けた漢文の教育、そして、のちに学んだ英語は素養を超えて、彼の思索や思想の根幹になり、創作にも大きな影響を与えました。そのように東洋と西洋の狭間で彷徨った彼の魂はどこに辿り着いたのかについて、私なりに結論を導いてみました。私は中国で生まれ、北京で高校、大学時代を過ごしました。この頃に触れた日本文学に惹かれ、1990年に留学のため日本にやってきました。今年でちょうど30年になります。日本文学の中でも夏目漱石を好み、夢中になって作品を読みました。特に、彼が英国に留学していた2年間の気持ちや、作品に漢文学の影響が投影されていることに関心を持ちました。きっと、自分の体験と重なるからでしょう。彼の漢詩を読むと、陶淵明や李白の詩を連想させるほど漢文に通じていることが分かります。同時に、英文の知識を生かし、鴨長明の『方丈記』を英訳したり、アメリカの詩人ウォルト・ホイットマンの詩を和訳したりしました。

　この本で、夏目漱石が漢文学から受けた影響、西洋からの影響を分析し、さらに、彼の作品が中国でどのように読まれているのか、また、評価されているのかについても記しています。この本から、東洋と西洋の狭間で彷徨った夏目漱石の苦しみや、その経験によって大きな足

跡を残したことを理解していただけば、幸いです。

　第一章から第五章まで、各章の概要をご紹介します。
　第一章では、夏目漱石（以下、漱石）が英国から受けた影響に焦点を当てています。数多くの名作を生み出し、近代作家として頂点を極めた漱石は、英国のロンドンに約２年間、留学しました。英国にはなじめず、その留学体験は苦渋に満ちたものとなりました。しかし、漱石は帰国後、『文学論』という大作を書き上げました。漱石の小説家としての人生には、英国での留学体験が決定的な影響を与えています。
　漱石が英国に留学したのは、1900年（明治33年）10月28日です。日本は秋ですが、ロンドンは既に初冬を迎え、寒い季節でした。漱石は暖かい場所、そして、自然が好きでした。そのことが英国を好きになれなかった原因として挙げられます。本章は『永日小品』の中の「下宿」「過去の匂ひ」「霧」「昔」という四つの作品を取り上げています。どれも留学中に抱いたロンドンのイメージが綴られており、漱石が英国に対して「寒い」、「暗い」、「寂しい」という印象を持った理由を考えてみました。
　漱石は「下宿」で出会った主人公である「主婦」が生まれた環境に共鳴することで、トラウマとなった辛い幼少期が思い出され、英国留学における負の要素が一段と増したことに気付きました。その結果、漱石は英国に気候の暖かさだけではなく、家庭的な温かさを求めていたことを読み取ることができます。

　第二章では、アメリカ超越主義の代表格ラルフ・ワルド・エマソン、ウォルト・ホイットマンが登場します。彼らや漱石は民主主義胎動期に生きた人々です。アメリカ民主主義思想の要となる超越主義を出発点とした「自恃」の教えが、ホイットマンを経由し、漱石にどのよう

に受容されたかを描くとともに、こうした影響下に位置づけられた漱石の個人主義思想の意義を探ることを試みました。

エマソン、ホイットマン、漱石の個人主義思想で言及される「自己」は、西欧近代的な自我とは異なる、ある種の東洋思想的な要素が混在している点で共通していました。このような要素を含むことで、大衆の中にあっても、個が集団に埋没しないという個人主義を基調とする民主主義を唱導することができたといえます。

エマソン、ホイットマン、漱石の思想的水脈が浮き彫りにされたことは、アメリカ文学や日本文学の研究にまたがる個人主義受容の過程に光を当てる契機となり、また、漱石の個人主義の特質をアメリカ文学史に位置づけて論究するための礎石になるに違いありません。

漱石には『私の個人主義』という、個人主義を実践するためには、どのようにすればよいのかについて語った作品があります。第三章では、この作品がテーマです。一見、個人主義は福祉と正反対の関係であるように思えますが、個人主義には社会福祉の精神が根底にあります。

『私の個人主義』は、漱石が大正3年に、東京の学習院大学で行った講演の内容を筆記した、漱石が48歳の時の作品です。漱石はこの中で、個人主義を実践するためには、次の三つの点が必要だと唱えています。

1 「自己の個性の発展を遂げようと思うならば、同時に他人の個性も尊重しなければならない。」

2 「自己の所有している権利を行使しようと思うならば、それに付随している義務というものを心得なければならない。」

3 「自己が全力を示そうと願うならば、それに伴う責任を重んじなければならない。」

ここでは、1と2について論じることとします。

アメリカの社会福祉学者、フェリックス・P・バイステックは、社会福祉の分野で個別援助による倫理的な実践原則を七つ述べていますが、その中の一つに「個別化の原則」があります。そこでは、人間は、具体的には個々の名前を有する個人として存在するとされています。したがって、「人間の尊厳、個人の尊重」とは、具体的には「個別化」された人間を最大限に尊重すると同時に、尊厳を認めることでなければなりません。これは、漱石の「私の個人主義」の一つ目の論点と全く一致している、といっても過言ではありません。

文学思想においても、福祉思想においても共通しているところは、自分を尊重するだけでは「個人主義」というものが成り立たないというところです。個人主義は他人を尊重することが必要であると断じています。

漱石の「私の個人主義」から福祉思想を論じることで、文学思想と福祉思想との関連性を検証し、『私の個人主義』が主張した思想に、「社会福祉思想」をどのように見出すことができるのかを明らかにします。

第四章では、漱石が漢文学からどのような影響を受けたのか、彼の作品、及び彼の思想との両面から論じてみました。漱石は幼少期から漢詩漢文を精読し、教養を深めていました。漢文学を修得した彼は、英国留学で西洋文明にも影響を受けましたが、日本文学、西洋文学よりも、漢文学を終生、愛し続けました。さらに漢文学だけではなく、漢文学の背景にある思想、すなわち儒教の思想にひときわ感化されていました。

漢文学では、政治、倫理道徳観念がもっとも重視されます。漱石の作品を貫いている思想は、漢思想に通じるところがあります。漱石は日本の文明批判家でもあり、社会批判家でもあり、明治社会に対する

批判が漱石の重要なテーマであるといえます。

　中国の読者が漱石の作品に親近感を抱く理由は、作品の中に、親しみやすい中国の漢詩や漢文の表現が多く見て取れるだけではなく、作品の行間からにじみ出る漱石の思想、すなわち漢文学にある儒教思想と同じ思想が彼らに流れているからです。漢文学は漱石の精神的創作の礎なのです。

　そこで第五章では、漱石は中国でどう評価されているのか、彼の作品はどう読まれているのかについて述べています。漱石は中国で広く知られている作家であり、評価は魯迅と同じレベルとも言われています。そうした位置づけは、二人の文学に潜んでいる批判精神と、奥深い思想性に基づいていると思われます。中国で最初に漱石の作品を紹介したのも魯迅です。

　1923年（大正12年）に魯迅が翻訳した漱石の作品は、『永日小品』の「クレイグ先生」と「懸物」です。2編とも短い文章で書かれていますが、中国で初めての漱石作品の翻訳として注目されました。また、崔万秋が翻訳した「草枕」（上海真善美出版社、1929年）が中国の一般読者だけでなく、学術界においても注目を集めたことは、漱石文学が中国文学に与えた影響の大きさを示す証しになりました。

　中国の読者は、漱石文学に強く引きつけられると同時に、漱石の中国観にも深く興味を覚えます。漱石は幼少期から正統的な東洋教育を受けて、漢文学に精通していました。日本では漱石の漢文学から受けた影響については多く研究されていますが、逆に、漱石、及び漱石の作品が中国にどのような影響を及ぼしたのかについては十分に議論されていません。その研究に入るためには、まず漱石の作品がどのように中国語に翻訳されているかを吟味する必要があると考えられます。

目　次

まえがき

第一章　漱石が英国から受けた影響
夏目漱石の英国留学における負の要素
－「下宿」「過去の匂い」と「霧」「昔」を通して－

Ⅰ．問題設定 …………………………………………………………… 10

Ⅱ．先行研究及び考察視点 …………………………………………… 11

Ⅲ．「永日小品」について …………………………………………… 12

　　1．「英国」と「イギリス」の違い　　　12

　　2．英国留学に対する漱石の気持ち　　　13

　　3．『永日小品』の背景　　　15

　　4．「下宿」の背景　　　15

Ⅳ．「下宿」と「過去の匂ひ」作品から ………………………… 16

　　1．「下宿」を気候から考える　　　16

　　　　1）マントルピースについて　　　16

　　　　2）水仙について　　　19

　　2．漱石と主婦の生まれた環境を見てみる　　　21

　　　　1）「下宿」の主人公である主婦の境遇について　　　21

　　　　2）漱石の生まれた環境について　　　22

　　　　3）漱石の生まれた環境と主婦との気持ちの共鳴　　　24

　　　　4）「過去の匂ひ」の主婦との気持ちの共鳴　　　27

Ⅴ．「霧」と「昔」からの分析 …………………………………… 30

　　1．「霧」の空気の汚さについての表現　　　30

　　2．「昔」の暖かさの表現について　　　31

　　3．「昔」の自然についての表現　　　32

Ⅵ．考察と分析 ……………………………………………………… 33

Ⅶ．結びにかえて …………………………………………………… 35

第二章　漱石「個人主義」思想の自恃論的要素
－アメリカ超越主義からの影響を探る

Ⅰ．はじめに……………………………………………………………………… 37
　　1．問題設定　　37
　　2．先行研究及び考察の視点　　40
Ⅱ．漱石の個人主義思想の特質………………………………………………… 41
　　1．『私の個人主義』より　　41
　　　1）漱石の個人史　　42
　　　2）漱石における「個人」の位置づけと「私の個人主義」のもつ意義　44
　　2．漱石によるホイットマン論（「文壇における平等主義の代表者
　　『ウォルト・ホイットマン』の詩について」）　　46
　　　1）漱石「個人主義」形成へのホイットマンの影響　　46
　　　2）「平等主義」と「独立精神」、「自己本位」の関係　　48
Ⅲ．アメリカ超越主義における自恃論－エマソンからホイットマンへ … 50
　　1．「超越」的思潮とエマソン　　50
　　2．自恃の教え－アメリカにおける自我の芽生え　　53
　　3．ホイットマン－アメリカと自我の結合　　55
Ⅳ．結びにかえて－漱石「個人主義」のなかに流れる超越主義思想 …… 60

第三章　漱石の集大成『私の個人主義』について

Ⅰ．問題設定……………………………………………………………………… 62
Ⅱ．先行研究及び考察視点……………………………………………………… 64
Ⅲ．漱石の個人主義……………………………………………………………… 65
　　1．『私の個人主義』について　　65

　　２．『私の個人主義』の背景　　　66

Ⅳ．社会福祉の思想……………………………………………… 67

　　１．日本の社会福祉歴史について　　　67

　　２．社会福祉の基本思想について　　　69

Ⅴ．漱石の思想を社会福祉思想の観点から見る ……………… 74

Ⅵ．考察と分析……………………………………………………… 78

Ⅶ．結びにかえて…………………………………………………… 83

第四章　漱石作品が漢文学から受けた影響

Ⅰ．はじめに………………………………………………………… 84

　　１．問題設定　　　84

　　２．先行研究と考察視点　　　85

Ⅱ．日本と漢文学…………………………………………………… 86

　　１．東アジアでの漢文学　　　86

　　２．明治時代の特徴　　　87

　　３．漱石が受けた漢文学教育　　　88

Ⅲ．漱石と漢文学…………………………………………………… 90

　　１．漱石の漢文学への憧れ　　　90

　　２．正岡子規との出会い　　　91

Ⅳ．漢文学及び漢文学の背景にある儒教思想が漱石作品に与えた影響 … 93

　　１．漢文学が漱石の作品に与えた影響　　　93

　　２．漢文学の背景にある儒教思想が漱石作品に与えた影響　　　97

　　　　１）近代文明批判　　　98

　　　　２）戦争に対しての批判　　　100

　　　　３）倫理道徳観　　　100

　　３．漱石が論語から受けた影響について　　　102

　　４．漱石の最高境地「則天去私」について　　　104

　　5．漱石の作品の中での漢文学的な表現手法について　　　105

　　6．儒教思想の入世から受けた影響について　　　106

Ⅴ．考察と分析……………………………………………………………106

Ⅵ．結びにかえて…………………………………………………………109

第五章　中国における夏目漱石作品の翻訳及び評価について

Ⅰ．はじめに………………………………………………………………111

Ⅱ．研究の視点……………………………………………………………112

　　1．漱石の時代　　　112

　　2．中国においての時代背景　　　　113

Ⅲ．魯迅が漱石の訳について論じる事 ……………………………………114

Ⅳ．『草枕』の訳及び評価について ………………………………………114

Ⅴ．夏目漱石の代表作『文学論』と『文学評論』に関する中国の評価 …115

Ⅵ．『吾輩は猫である』の訳及び評価について ……………………………117

　　おわりに

　　あとがき

　　筆者のメッセージ

　　略年譜

　　謝辞

第一章　漱石が英国から受けた影響

夏目漱石の英国留学における負の要素
－「下宿」「過去の匂い」と「霧」「昔」を通して－

Ⅰ．問題設定

　夏目漱石（以下、漱石）は数多くの名作を生み出し、近代作家として頂点を極めた明治の文豪であります。彼の小説家としての人生には、英国での留学体験が決定的な影響を与えています。その体験は、苦渋に満ちたものでした。

　孤独でつらく、苦しい留学生活を終えて帰国後、その経験を生かし、大作『文学論』を完成させました。そして漱石が英国で獲得した、「私の個人主義」の思想が固まったとみられます。

　漱石は英国に２年間留学しましたが、この留学生活について、『文学論』序の末尾で次のように語っています。

　「倫敦(ロンドン)に住み暮らしたる二年は尤も不愉快の二年なり。余は英国紳士の間にあつて狼群に伍する一匹のむく犬の如く、あはれなる生活を営みたり。」[1]

　彼にとって英国は決して住みやすい所ではなかったようです。

　また、漱石の次男である夏目伸六氏は『父・夏目漱石』の「英語嫌いの漱石」の中で、漱石の留学生活について次のように書いています。

　「古くから学問の府として聞こえたケンブリッジも、父の眼には、金と暇にあかせた単なるジェントルマンの養成所としてしか映らなかったし、university college を訪ねて聴講した現代文学史の講義からも、何等「予期の興味と知識」を得る事の出来なかった父は、結局

1）夏目漱石『文学論』序

何の方針も立てる事が出来ずに、唯茫然と英文学書の濫読にその一年間を通したのである。」[2]

このように、漱石は留学生活の最初の1年間のほとんどの時間は下宿の自室に閉じこもり、読書と思索に没頭していたようで、孤独であったことが窺えます。

本章は、漱石が英国を舞台にした『永日小品』に収録されている漱石の四つの作品「下宿」「過去の匂ひ」「霧」「昔」を分析し、漱石が英国を好きになれなかった要因について考えます。生まれた環境や、生活している環境や気候などの影響があると推測されますが、これらの作品から漱石の英国留学における負の要素を探ってみたいと思います。

Ⅱ. 先行研究及び考察視点

漱石の英国留学に関する先行研究について、末延芳晴氏は「夏目金之助　ロンドンに狂わせり」の中で、「下宿」と「過去の匂ひ」に登場する人物が実在しているかどうかなどについて、作品を詳細に解説しています。

夏目伸六氏は先に述べた「父・夏目漱石」の「英国嫌いの漱石」の中で、父・漱石の英国嫌いの理由を、学生時代に学んだ漢文教育や英語より、英文学が好きだった視点から論じています[3]。

また二宮智之氏は「夏目漱石『永日小品』考 –『三四郎』と『それから』の間で–」の中で、寒と暖の表現を用いて『三四郎』と『それから』の間の作品、そして、漱石作品の全体における『永日小品』の位置について考察しています。しかし、漱石と「下宿」の主人公であ

---

2) 夏目伸六『父・夏目漱石』文芸春秋社 1964 年 P87
3) 末延芳晴『夏目金之助　ロンドンに狂わせり』青土社 2004 年

る「主婦」がどちらも親に冷たくされた同じ境遇であるという点には触れていません。

　さらに塚本利明氏は「漱石と英国留学体験と創作との間」[4]の中で、漱石がスコットランドを旅した際のことを詳しく解説しています。

　本章では、これらの先行研究では触れられていない、「下宿」と「過去の匂ひ」の二つの作品に登場する主人公の「主婦」と漱石に通底する境遇に焦点をあて、漱石の幼少期の辛い体験が英国に対してのマイナスイメージにどのように影響したのかなどを検討します。

　考察視点としては先行研究を汲み取りながら、永日小品の「下宿」「過去の匂ひ」「霧」「昔」の四つの作品を通して、英国に関する漱石の感じ方について、ロンドンの寒さ、暗さ、そして都市化による空気の汚さ等の英国留学における負の要素を併せて、一歩踏み込んで分析します。更に漱石が自らの生まれた環境の影響で、「下宿」と「過去の匂ひ」の主人公である主婦の境遇に共鳴を感じていたことなどを指摘し、漱石が英国に対して求めた暖かさは季節的なものだけではなく、家庭の温かい雰囲気だったのではないかということなどを考察します。

Ⅲ．「永日小品」について

1．「英国」と「イギリス」の違い

　英国は「グレートブリテンおよび北部アイルランド連合王国」（The United Kingdom of Great Britain and Northern Ireland）が正式名称であり、イングランド、スコットランド、ウェールズ、北アイルランドの4つのカントリーから構成される立憲君主国です。

　「イギリス」という日本語は、16世紀以降のポルトガル人やオラン

4）塚本利明『漱石と英国 留学体験と創作との間』彩流社 1999 年

ダ人の渡来によって、この4つのカントリーの一つであるイングランドを表すポルトガル語の「Ingles」とオランダ語の「Engelsch」を、日本人が「エゲレス」と聞き取ったことによって生まれました。「英国」は、その「イギリス」に当てられた「英吉利」の漢字から生まれた通称です。

　日本では「イギリス」「英国」ともに国全体を指す名称として通用していますが、「イギリス」の語源は「イングランド」であるため、複数の地域による連合王国に対して、その構成国の一つを指す言葉で呼ぶのは正当性に欠けるという向きもあります。また、イングランド以外の連合王国出身者に対してイギリス人と呼びかけると、気分を害す可能性があります[5]。

　以上のことを踏まえたうえで、以降は「英国」を使用することにします。

2．英国留学に対する漱石の気持ち

　まず、漱石が英国留学に対して当初から消極的な気持ちだったことを指摘したいと思います。

　漱石は、英国から帰国後約11年経って、学習院大学で行った講演「私の個人主義」の中で、英国留学当時の気持ちを次のように振り返っています。

　「突然文部省から英国へ留学しては何うかといふ内談のあったのは、熊本へ行ってから何年目になりませうか。私は其時留学を断ろうかと思ひました。それは私のやうなものが、何の目的も有たずに、外国へ行ったからと云って、別に国のために役に立つ譯もなかろうと考

---

5) https://dic.nicovideo.jp/a/ イギリス

へたからです。…私も絶對に反抗する理由もないから、命令通りに英国へ行きました。」[6]

　英国を 10 年以上前に離れたにもかかわらず、漱石は当時、留学したくないという気持ちが強烈で、忘れられなかったことが窺えます。

　また漱石は、『文学論』の中でも次のように語っています。

　「余が英国に留学を命ぜられたるは明治三十三年にて余が第五高等学校教授たるの時なり。…（中略）…余は特に洋行の希望を抱かずと云ふ迄にて、固より他に固辞すべき理由あるなきを以て承諾の旨を答へて退けり。」[7]

　これらの記述から、漱石が最初から英国留学を積極的には希望しておらず、むしろ、少し消極的な姿勢だったことを読み取ることができます。

　辞令には「英語の研究のため満 2 年間英国へ留学を命ず」とありましたが、漱石の関心は英語の研究ではなく、西洋文学を研究することにあったからです。

　夏目伸六氏は、「父・夏目漱石」の「英語嫌いの漱石」の中で、漱石の英語と英文学についての思いを次のように述べています。

　「併し、こうして漸く英文科へ進む事に決心はしたものの、その頃の父には、未だに英語に対する情熱などはほとんどなかったらしく、唯、『国語や漢文なら別に研究する必要もない様な気がしたから、其処で英文学を専攻することにした。』と云って居る程である。…（中略）…父の方向が、英語を離れて次第に文学そのものへ向けられて行った経緯が窺われるのであるが…（後略）…。」[8]

6）夏目漱石『漱石全集 第 11 巻』岩波書店 1974 年 P440
7）夏目漱石『文学論』序
8）夏目伸六『父・夏目漱石　英語嫌いな漱石』文芸春秋社 1964 年 P86

漱石は英国に留学しても英語の研究ではなく、英文学の研究をしてもよいという「留学の目的は幅広く柔軟のもの」との文部省の見解を得て、彼は留学を決意したのです。

　1900年（明治33年）9月、漱石は横浜港を出発し、パリを経て10月28日、英国に到着しました[9]。

3.『永日小品』の背景

　漱石は1900年（明治33年）10月から1902年（明治35年）2月までの約2年間、ロンドンに滞在しました。

　数多く残されている漱石の文学作品の中で、『永日小品』はあまり知られていないようですが、長編『三四郎』の連載の後に『夢十夜』のような短編物の連作を求められ、1909年（明治42年）1月から3月まで朝日新聞に掲載されたものです。日常に題材を求めたものや英国留学時代に題材をとったものなど、全部で25編の小品からなっています。

4.「下宿」の背景

　その『永日小品』の中の1編「下宿」は、漱石がロンドンでの下宿を題材に自ら英国留学時代に触れた最初の作品です。

　英国留学の約2年間は、漱石にとって決して楽しいものではありませんでした。漱石がロンドンに到着した1900年（明治33年）10月28日は、日本ではまだ秋でしたが、ロンドンではもう冬の時期でした。日本から遠く離れた英国での本当に寒い、一人寂しい冬の季節であり、漱石にとっては、二重の負の要素に見舞われた体験でした。

---

9)　夏目伸六『父・夏目漱石　英語嫌いな漱石』文芸春秋社 1964年 P86

漱石はロンドンでの約2年間の英国留学中、五つの宿に移り住みました。このロンドンでの留学の体験を題材にした『永日小品』の「下宿」と、もう一つの「過去の匂い」の2編の作品の舞台は、どちらも五つの宿の中の第二の宿にあたります。

　この宿は、高級住宅地から少し離れたところにありました。漱石は1900年（明治33年）11月12日に、この宿に移り、約40日間滞在し、ここで台湾総督府に勤める長尾半平と知り合いました。

朝日新聞提供

IV.　「下宿」と「過去の匂ひ」作品から

　「下宿」は、漱石が滞在した第二の宿の複雑な家族構成などについて描写した作品です。主人公である主婦はフランス人ですが、父親はドイツ人で、主人公の母親の再婚相手です。母親が亡くなってから遺産はすべてこの継父に奪われ、主婦と継父の関係は険悪な状態になっていきます。漱石はこの家族に不仲、淋しさ、暗さを感じると同時に、主婦に自分に似た境遇を感じ取ったのです。

1.「下宿」を気候から考える

1）マントルピースについて

　「下宿」の中では、マントルピース（mantelpiece）について次のように描写しています。「日の当たったことのないような薄暗い部屋を見回すと、マントルピースの上に淋しい水仙が生けてあった。」[10]

「ブリタニカ国際大百科事典小項目事典」では、「マントルピース」について、「居間やホールの壁につくりつけられた暖炉のまわりに行う装飾。のちにはそのような飾りをもつ暖炉全体をさすようになった。最初は煙を吸込むための簡単なおおいであったが，中世後期には大型の飾りがつけられ，ルネサンス期には飾り柱やなげしがつけられ，部屋の格式を示す室内装飾の重要な要素となる。」[11] と解説されています。

　このように「マントルピース」が室内装飾の重要な要素であったにもかかわらず、その上に寂しい水仙が生けてあったという記述は、部屋すなわち建物全体に寂しいイメージが広がることを計算した狙いがあったと考えられます。

　そして上記の引用から、「マントルピース」が「そのような飾りをもつ暖炉全体」をさすものだったことにも注目したいのです。11 月初旬だと日本はまだ秋で、冬の寒さは感じられませんが、ロンドンでは既に暖炉が必要な時期となっていたことが分かります。ロンドンの11 月は、日本の冬の季節と変わらないくらいの寒さであったことも伝わってきます。

10）夏目漱石『漱石全集 第 8 巻』岩波書店 1974 年 P82
11）ブリタニカ国際大百科事典 小項目事典

表Ⅰ　2013年11月の平均気温の比較

都市	平均最高気温	平均最低気温	平均降雨量
東京	16.7℃	9.5℃	92mm
ロンドン	10.4℃	5.1℃	58.1mm

出所：http://www.accuweather.com　世界天気　日本気象協会　2014　日本とロンドンの2013年11月の気温降水量の比較

表Ⅱ　1900年11月の東京の平均気温

都市	平均最高気温	平均最低気温	平均降雨量
東京	16.3℃	6.7℃	131.9mm

出所：http://www.data.jma.go.jp　国土交通省気象庁

　表Ⅰを見ると、同じ2013年11月でもロンドンの平均最高気温が10.4℃なのに対して東京は16.7℃もあり、ロンドンは東京より6℃以上も低いのです。また、ロンドンの平均最低気温が5.1℃であるのに対して東京は9.5℃で、ロンドンは東京より4.4℃も低いことが分かります。

　表Ⅱを見ると、1900年11月の東京の最低平均気温は6.7℃だったことから、当時は今よりさらに寒かったことが分かり、1900年11月のロンドンも今より寒かったと推測できます。

　漱石の妻・鏡子は、「漱石の思い出」の中で次のように述べています。

　「夏目がロンドンの気候の悪いせいか、なんだか妙にあたまが悪くて、この分だと一生このあたまは使えないようになるのじゃないかなどとたいへん悲観したことをいってきたのは、たしかあくる年の春ではなかったかと思っております。」[12]

――――――――――――――――――――

12)『漱石の思い出』

この引用からも分かるように、漱石はロンドンに春が訪れるまでの長い間、寒い冬の気候のせいで頭が働かないことを訴えていたのです。

　またロンドンは雨が多いことでも有名であるとともに、「霧の都」と言われるほど霧が多く発生することでも知られます。日中も晴れる日が少ないことから、暗く、寒いというイメージが湧きやすく、その厳しさ寒さの度合いが想像されます。

　さらに、「明るい」は「暖かい」、「暗い」は「寒い」を感じさせる表現ですが、引用した「下宿」の中での「薄暗い部屋」の「薄暗い」は、寒い季節に「薄暗い」という表現で、先に述べたロンドンのイメージと合わせて、一層寒さが感じられます。

　2）水仙について

　次に、「日の当たった事のないような薄暗い部屋を見回すと、マントルピースの上に淋しい水仙が生けてあった。」と書かれた「水仙」に注目したいと思います。

　水仙（英名ではナルシスという）はフランスでは3、4月頃に開花しますが、11月に開花する種もあります [13]。英国では4、5月頃に開花しますので、冬でもフランスならきれいに咲きますが、寒い英国では咲かないことを意味しています。また、日本での水仙の花期は12月から2月にかけてで、フランスの水仙の開花期に似ていることが分かります。

　日の当たった事のない薄暗いという表現によって部屋の寒さが伝わってくることはすでに指摘しましたが、「マントルピースの上に寂しい水仙が生けてあった。」という描写によって、「水仙も主婦の出生

---

13) http://blogs.yahoo.co.jp/nekonoseu/10535952.html　パリの植物園

地である南の国・フランスであれば日も当たり、水仙もきれいに咲けるのに、北の国・英国では元気もない…」との意味合いも込めて、その「寂しさ」を強調しています。

「主婦は北の国に似合わしからぬ黒い髪と黒い瞳をもっていた。」という表現も、主婦は水仙と同じくイギリスの冬になじめないことを暗示しています。

漱石は「下宿」の中で、「水仙」と主婦について次のように記述します。

「自分は肚の中で此の水仙の乏しく咲いた模様と、この女のひすばった頬の中を流れている、色の褪めた血の擫りとを比較して、遠い仏蘭西で見るべき暖かな夢を想像した。主婦の黒い髪や黒い眼の裏には、幾年の昔に消えた春の匂の空しき歴史があるのだろう。」[14]

この言葉には、「水仙のように今の時期に主婦がもし暖かいフランスにいれば、一番きれいに咲いているだろうに…。そして、昔いた暖かいフランスではきれいに咲いていたのだろう」という漱石の主婦に対する思いが隠されています。

続けて、漱石は次のように記述します。

「そうして黒い眼を動かして、後の硝子壜に挿してある水仙を顧りみながら、英吉利は曇っていて、寒くていけないと云った。花でもこの通り奇麗でないと教えたつもりなのだろう。」[15]

この記述は、水仙が暖かい国から寒い北国に来て、きれいに咲けないのと同じように、人も暖かいところから知らない寒いところに来たことで、水仙のように萎えてしまうことを窺わせます。即ち、主婦自身を水仙に暗示させるとともに、そのことによって、漱石自らが、主

---

14) 夏目漱石『漱石全集 第8巻』岩波書店 1974年 P82
15) 夏目漱石『漱石全集 第8巻』岩波書店 1974年 P82

婦と同様に暖かい南の日本から寒い英国に来たことで英国になじめ
ず、主婦と気持ちが共鳴していることを表現したものとなっています。
　次に指摘したいのは、漱石が「下宿」の中で「北」という言葉の表
現に拘(こだわ)っていることです。
　英国は「北の国」、生活した「下宿は北の高台にある。」、更に、下
宿の中にある「北向きの食堂」など、いずれも「南」と相反して、「北」
という言葉を使い、「寒い」イメージを連想させています。
　「北の国」という表現は、主婦の故郷がフランスなので、位置も英
国からみると南にあたることを強調するような表現とも言えます。ま
た「下宿は北の高台にある。」という表現は、寒いロンドンの中でも
下宿は北に位置していることで一層の寒さを強調しています。
　「北向きの食堂」という表現は、建物の中で家族が集まって食事す
るところでさえ、北向きになっており、建物の寒さだけではなく、家
庭の「温もり」を感じられない、寒い、寂しい、暗い下宿であること
を暗示しています。
　フランスから来た主婦、日本から来た漱石、どちらも南から北へ移
動することで、体も心も寒くなっていくことが窺えます。

２.漱石と主婦の生まれた環境を見てみる
　１)「下宿」の主人公である主婦の境遇について
　「下宿」で主人公の主婦は、フランス人の実の母が亡くなり、ドイ
ツ人の継父に引き取られましたが、血がつながっていないことから冷
遇されました。
　「母はよほど前になくなった。死ぬときに自分のことをくれぐれも
言い置いて死んだのだが、母の財産はみんな親父の手に渡って、一銭
も自由にすることができない。仕方ないから、こうして下宿をして小

使いをこしらえるのである」[16]　と書いています。

　このように、主婦の継父は死んだ母から主婦のことを頼まれていたにもかかわらず、主婦は継父からの愛情を全く受けられませんでした。

　実父から冷たくされた自分の境遇を、主婦の境遇と重ねたのでしょう。

　ここで、漱石の生まれた環境について触れてみたいと思います。

　2）漱石の生まれた環境について

　漱石は 1867 年（慶応 3 年）1 月 5 日に誕生しました。父・夏目小兵衛直克は江戸牛込馬場下の名主で当時 50 歳、母・千枝が 41 歳の時の子で、五男三女の末っ子でした。

　漱石は「硝子戸の中」で、「私は両親の晩年になってできた所謂末ツ子であります。私を生んだ時、母はこんな年歯をして懐妊しますのは面目がないと云ったとかいふ話が、今でも折々は繰り返されています。」[17]　と記述しています。

　さらに続けて、漱石は「硝子戸の中」で次のように書いています。

　「単に其為ばかりでもありますまいが、私の両親は私が生まれ落ちると間もなく、私を里に遣ってしまった。其里というのは、無論私の記憶に残っているはずがないけれども、成人の後聞いて見ると、何でも古道具の売買を渡世にしていた貧しい夫婦ものであったらしい。」[18]　里子に出されたのは、父・夏目小兵衛直克に書生同様にして仕えた塩原昌之助のところで、1868 年（明治元年）11 月のことでした。

　夏目家は貧乏だったわけではありません。

16）夏目漱石『漱石全集 第 8 巻』岩波書店 1974 年 P84

17）夏目漱石『漱石全集 第 8 巻』岩波書店 1974 年 P481

18）同上

母・千枝が「面目ないと云った」のは、現代と違って明治時代の一般的な考え方では、女性が歳を取って（40歳過ぎ）から子どもができることは恥だと言われていたからです。この記述からも漱石は、周りの目を気にした両親によって、生まれた時からあまり歓迎されていない子どもだったことが分かります。しかし、たとえどのような事情があったとしても、養う能力があったにもかかわらず、裕福な実の家より貧乏な家に里子に出されたということは、子どもの漱石にとって到底納得できる話ではなかったはずです。

　同じ「硝子の中」で、里子に出されてから一度家に戻った時に、父から見向きもされず冷たくされたことについて、次のような回想を述べています。

　「私は其道具屋の我楽多と一所に、小さな笊の中に入れられて、毎晩四谷の大通りの夜店に晒されていたのである。それを或晩私の姉が何かの序に其所を通り掛かった時見付けて、可哀そうとでも思ったのだろう、懐へ入れて宅へ連れてきたが、私は其夜どうしても寝付かずに、とうとう一晩中泣き続けに泣いたとかいふので、姉は大いに父から叱られたそうである。」[19]

　漱石は、里親からも冷たくされ、外に放置されることがしばしばありました。姉に見つけられて、せっかく一度、実家に戻ったにもかかわらず、父は喜ぶどころか漱石を見ようともしなかったのです。

　更に、漱石は、父から全く愛情をもらえなかったことについての心境を次のように書いています。

　「私は普通の末っ子のやうに決して両親から可愛がられなかった。是は私の性質が素直でなかった為だの、久しく両親に遠ざかったため

19）夏目漱石『漱石全集 第8巻』岩波書店 1974年 P481

だの、色々の原因から来てゐた。とくに父から寧ろ過酷に取り扱はれたといふ記憶がまだ私の頭に残ってゐる。それだのに浅草から牛込へ移された当時の私は、何故か非常に嬉しかった。さうしてその嬉しさが誰の目にも付く位に著しく外へあらはれた。」[20]

　このように、漱石は父から愛情を与えられなかったことを悲しむより、父親に過酷に扱われたにもかかわらず、むしろ家に戻ることになぜか非常に喜びを感じていたのです。小さい時から家庭の温かさに飢えていたのでしょう。

　漱石は9歳の時、里親の塩原夫婦の間で離婚が成立したため、塩原家に在籍のまま養母と共に夏目家に引き取られます。普通の家庭なら、久しぶりに帰ってくるわが子の顔を見るのが嬉しいはずなのに、出来損ないが舞い込んで来たという顔付きをした父は、ほとんど我が子としての待遇を彼に与えず、継父以上に冷たかったといいます。そして、1888年（明治21年）、21歳になった時に、ようやく夏目家に復籍します。

　このように漱石は、生まれた時から実の親の愛情を全く受けたことがなく、なぜ自分だけが養子に出されなければならないのかという疑問を一生抱え込むことになり、彼の内向的な性格も、この複雑な家庭環境に関係があることが推測できます。

　この幼少期の体験を、英国留学時にも引きずっていたことが作品から読み取れます。

3）漱石の生まれた環境と主婦との気持ちの共鳴
　漱石も「下宿」の主人公の主婦も、それぞれ日本とフランスという外から英国にやって来た人間で、しかも、二人とも好き好んで英国に

20）夏目漱石『漱石全集 第8巻』岩波書店 1974年 P482

来たわけではありませんでした。漱石は日本の文部省の命令を受けて、また主婦は生きるために仕方なく継父とフランスから英国に渡って来たのです。日本、フランス双方から見た時、英国は北に位置にする寒い土地です。フランスや日本という暖かい国を離れて寒い国・英国に来て、寂しさと寒さにさらされている漱石と主婦という構図が浮かびます。

漱石が「下宿」の中で描写している「北向きの食堂のマントルピースの上に水仙が寂しく生けてあった」という表現は、家庭の中で食事をする場所イコール家族が団欒する場所、である食堂に、しかも、建物の中で一番重要な位置にあるマントルピースの上に「水仙が寂しく生けてあった」というように、漱石も主婦も、北向きの下宿の中の北向きの食堂の建物から、身体的な寒さだけではなく、家族団欒の喪失という心の寒さを感じていたことが窺えます。親に愛されるという家庭の温かさにずっと飢えていたことが2人の共通点でした。

漱石は幼少期に里子に出されて、実の親から愛情を与えてもらえませんでした。一方、下宿の主婦も、実の父親は亡くなり、母親も再婚後しばらくして亡くなり、引き取られた継父には冷たく扱われていました。漱石も主婦も実の親からの愛情に飢えていたのです。

漱石と下宿の主婦の間には、そのほかにも、新しい環境である英国になじまず、今の居場所が嫌いであるなどの幾つかの共通点も見えてきます。主婦と漱石は、親に冷たくされるという同じような境遇を持っていたため、下宿は漱石にとって居心地の良い場所ではなかったとも考えられ、彼はその寂しさと寒さ、そして居心地の悪さに耐えがたく、わずか1か月で、この下宿を去りました。

下宿を去ったもう一つ理由は、漱石の辛い体験が幼少期だけのものであるのに対し、下宿の主婦の場合は今も続いており、そのような終わりの見えない、辛い現実が間近にあることで、漱石の幼少期のトラ

ウマが頭をもたげたのではないか、そして、そこから逃れようと、この寒い、暗い、寂しい下宿を出たのではないかとも考えられます。

最初の下宿

漱石がロンドン到着後、最初の2週間ほどを過ごしたのは、大英博物館に程近いGower Streetの76番でした。漱石は妻にあてた手紙の中で、「ここは宿屋よりはずっと安いが、ここでの生活を続けると留学費を全額当てても足りないので、早めに他所へ移るつもりだ」と報告しています。

漱石はこの下宿に滞在中のことを『永日小品』のなかの「印象」に綴っています。ロンドンに着いたばかりで、下宿を出て、人の波にもまれながら、知らないうちにトラファルガー広場まで来てしまいます。背の高い英国人に囲まれ、周囲に人が大勢いるにもかかわらず、孤独感が漂う作品でした。

当地にては金のないのと病気になるのが一番心細く候（『書簡』明治33年12月26日より）

2番目の下宿＝Priory Road　85番地

5番目の下宿　チェイス81番地

漱石はここに1年半住んだ

4）「過去の匂ひ」の主婦との気持ちの共鳴

　漱石が主婦と気持ちを共鳴させたことについて、「下宿」に続き、「過去の匂ひ」から見てみましょう。

　漱石が下宿を出ることには、同じ時期にその下宿に滞在していたK君も賛成してくれました。しかし、下宿から出て3ヶ月後に、K君から招きがあり、K君の旅行談を期待しながら、漱石は再び下宿を訪ねましたが、迎えてくれたのはK君ではなく、元の下宿の家族だったのです。そこには、家族の暗い雰囲気を伴った下宿の匂いが漂っていました。

　「下宿」では、漱石が「主婦」と「北向きの食堂」で、主婦の身の上話を聞き、「主婦」の複雑な家庭環境と自分の幼少期の体験とを重ねることによって主婦の気持ちに共感しましたが、「過去の匂ひ」では、漱石がこの下宿を出ようと思った時の主婦の反応を次のように表現しています。

　「自分が下宿を出るとき、老令嬢は切に思ひとまるようにと頼んだ。下宿料を負ける、K君のいない間は、あの部屋を使っても構わないと迄云ったが、自分はとうとう南の方へ移って仕舞った。同時にK君も遠くに行って仕舞った。」[21]

　主婦にとっては、自身と似た境遇を持った下宿人である漱石が、次第に身の上話まで話せるほど心を許せる相手に変わっていったことで、短い時間でも寂しさから逃れることができたのです。だからこそ、必死で引き止めたと思われます。

　一方、漱石はこの家を出ようと思ってK君に告げた時、K君から「君などは、もっとコンフォタブルな所へ落ち着いて勉強したらよかろう」という助言も受けて、この寒い、暗い、寂しい下宿から出る決意をし

21）夏目漱石『漱石全集 第8巻』岩波書店 1974年 P521

たことが分かります。

　ここで、先に引用した「過去の匂い」の中の「南の方へ行って仕舞った」という表現にも注目したいと思います。このように表現した漱石の心の中では、下宿は「北」と等しい意味を持っていたことと窺えます。「南に行って仕舞った」とは、換言すれば「暖かいところに逃げた」ということです。

　さらに、漱石は次のように書いています。

　「突然 K 君の手紙に接した。旅から帰ってきた。當分ここにいますから遊びに来いと書いてあった。すぐ行きたかったけれど、色々都合があって、北の果迄推し掛ける時間がなかった。」[22]

　ここでは「南」と対照的に「北」の、しかも「果迄」という表現を用い、「行きたかったけれど」が本心ではなかったかのように表現したと思われます。

　何故なら、K 君には逢いたいという気持ちはあったものの、あの北向きの下宿の北向きの食堂のマントルピースの上に水仙が寂しく生けてある、暗い、淋しい下宿で、「主婦」に再び逢ってしまえば、漱石には忘れたくても忘れられない、ずっと悩まされている幼少期の辛い体験が再び蘇るのではないかという恐怖心から、その下宿に行くことを躊躇したのではないかと推測できます。そして、それと裏返しに、下宿を離れたことで家庭の温かさに恵まれていない象徴である「主婦」を見なければ、幼少期の体験も思い出さずにいられると考えたのでしょう。漱石の心は、常に温かくて明るいところを求めているように感じるのです。

　そして、「下宿」から離れて 3 か月ほど経った頃、一度 K 君に逢い

22）夏目漱石『漱石全集 第 8 巻』岩波書店 1974 年 P87 ～ 88

に行った時、K君の部屋に行く途中のこととして、「過去の下宿の匂ひ」
では次のように書いています。

　「過去の匂ひが狭い廊下の真中で、自分の嗅覚を稲妻の閃くごとく、
刺激した。」[23]

　それは、漱石が一度、忘れかけた下宿の記憶が一気に戻った瞬間で
した。その表現には、彼にとって良い思い出ではなかった下宿の記憶
が、決して、脳裏から消し去ることが出来なかったという意味合いが
込められています。

　さらに「過去の匂ひ」は、その匂いについて次のように描写してい
ます。

　「その匂ひのうちには、黒い髪と黒い眼と、クルーゲルのような顔
と、アグニスに似た息子と、息子の影のようなアグニスと、彼らの間
に蟠まる秘密を、一度にいっせいに含んでいた。自分は子の匂いを嗅
いだ時、彼らの情意、動作、言語、顔色をあざやかに地獄の裏に認め
た。」[24]

　下宿の主婦の家族すべてが地獄であるという表現は、漱石自身が下
宿に対して持つ負の要素を強く感じる描写であり、読者にも強いイン
パクトを与えます。

　そして漱石が一度忘れかけた下宿の匂いが一瞬に戻ったことによっ
て、幼少期の実の親に捨てられ、里子に出された辛い体験がフラッシュ
バックしたとも推測できます。

　夏目伸六氏は、父の内向的な性格について、『父・夏目漱石』　の英

23）夏目漱石『漱石全集 第 8 巻』岩波書店 1974 年 P88
24）夏目漱石『漱石全集 第 8 巻』岩波書店 1974 年 P8825）夏目伸六『父・夏目漱石』文芸春秋社
　　1964 年 P84

語嫌いな漱石の章」で次のように述べています。

　「この時父が自分で選んだ志望学科は、皆の予想を裏切って工科の
建築科である。…（中略）…尤もこれは、生来偏屈で融通性のない性
格を自覚していた父が…（後略）…」[25]

　この引用からも漱石は内向的で、うまく人とコミュニケーションが
とれない性格だったことが窺え、これもまた漱石の幼少期の辛い体験
と大きく関連していると思われます。

　このような偏屈な性格だった漱石は英国留学中の約2年間、英国人
とほとんど関わることはありませんでしたが、この下宿に滞在中に主
婦と気持ちを共鳴させたことは確かです。ロンドンの下宿で、似た境
遇の主婦と出会って会話を交わしたことで互いを理解し、共鳴し、幼
少期の辛い体験を思い出したとはいえ、少しでも英国の現地の人とコ
ミュニケーションがとれて、心を通わせることができた時間だったと
いえます。

V. 「霧」と「昔」からの分析
1. 「霧」の空気の汚さについての表現
　「霧」の中では、空気の汚さに対して次のように表現しています。
　「ヴィクトリヤで用を足して、テート画館の傍を河沿にバタシーま

霧のロンドン[26]

25）夏目伸六『父・夏目漱石』文芸春秋社 1964 年 P84
26）http://ja.wikipedia.org/wiki/ ロンドンスモッグ

で来ると、今まで鼠色に見えた世界が、突然と四方からばったり暮れた。泥炭を溶いて濃く、身の周囲に流した様に、黒い色に染められた重たい霧が、目と口と鼻とに逼って来た。外套は抑えられたかと思う程溼っている。軽い葛湯を呼吸するばかりに気息が詰まる。足元は無論穴蔵の底を踏むと同然である。」[27]

　古くから石炭を燃料に使っていたロンドンでは、12世紀からスモッグ発生の記録があり、スモッグという言葉が初めて公に使われたのも英国でした。そして、19世紀に入ると、蒸気機関車の出現と産業革命により、大気汚染は深刻な社会問題になりました。

　漱石が英国に留学していたのは、ちょうどこの時期でした。漱石は日記の中で大気汚染について「ロンドンの町を散歩して痰を吐くと黒い塊が出てきて驚く」と書いています。

2．「昔」の暖かさの表現について

　漱石は「昔」の中で、「暖かさ」については次のように述べています。
　「十月の日が、目に入るのと林を暖かい色に染めた中に、人は寝たり起きたりしている。」[28]
　この引用には漱石が「南」と「暖かい」を結びつけた表現が見られます。
　小宮豊隆氏は漱石の『小品集』を解説する中で、「元来漱石は、生理的にも、暖かいものを愛した。色彩、漱石の好きなのは、暖かい色彩である。四季の内でも漱石の好きなのは、暖かい春である。またそれが暖かである限りに於いて、秋である。」[29] と述べているように、

27）夏目漱石『漱石全集 第8巻』岩波書店 1974年 P112〜113
28）夏目漱石『漱石全集 第8巻』岩波書店 1974年 P123
29）夏目漱石『漱石全集 第8巻』岩波書店 1974年 P521

漱石は暖かいところが好きでした。

3.「昔」の自然についての表現

ピトロクリの谷[30]

　「昔」で描写しているスコットランドの避暑地ピトロホリーにある
ピトロクリの谷は、写真の通り、自然と暖かさが満ちた場所だったと
思われます。

　「昔」は、次のような描写から始まっています。

　「十月の日は静かな谷の空気を空の半途で包んで、じかには地にも
落ちて来ぬ。と云って、山向へ逃げても行かぬ。風のない村の上に、
いつでも落ちついて、じっと動かずに靄すんでいる。その間に野と林
の色がしだいに変って来る。酸いものがいつの間にか甘くなるように、
谷全体に時代がつく。ピトロクリの谷は、この時百年の昔、二百年の
昔にかえって、やすやすと寂びてしまう。人は世に熟れた顔を揃えて、
山の背を渡る雲を見る。その雲は或時は白くなり、或時は灰色になる。
折々は薄い底から山の地を透かせて見せる。いつ見ても古い雲の心地
がする。」

30）http://home.netyou.jp/kk/ohsawa/uk120pitlochrycow.htm Pitlochry ピトロクリの谷

小宮豊隆氏は同じ『小品集』の解説で、漱石が自然をこよなく愛していたことを次のように記しています。

　「漱石は静かで、暖かで、朗らかで、澄んでいて、公平で無私で沈黙としての『自然』であった。この自然は何よりも漱石を楽しましめ、何よりも漱石を慰め、それと一つになることが、漱石に無上の幸福感を與へるのである。」[31]

　漱石はロンドンの寒さ、暗さ、空気の汚さが原因で、英国に対してマイナスの印象しか持っていませんでしたが、スコットランドにある友人の屋敷を訪ねた3週間に、この自然に触れることができたのです。「昔」に描かれたピトロクリの谷には、「霧」に出てくる工業化によって自然が奪われ、汚い空気に満ちたロンドンとは違い、まさに、漱石が愛した自然が溢れていました。英国留学中で最も自然に癒され、心が安らかになった一時でした。

VI. 考察と分析

　『永日小品』に収録された「下宿」「過去の匂ひ」「霧」「昔」の4篇の作品を用いて、漱石が英国に留学した時の下宿の体験と、寒と暖、動と静、幼少期の辛い体験で家庭の温かさに飢えていたこと、そして自然と近代化を中心に負の要素について分析しました。

　「下宿」「過去の匂ひ」は、漱石と主人公の主婦との境遇、人生、自分の幼少期、そして、故郷を離れた寂しさを重ね合わせたような作品です。

　漱石は英国に滞在した約2年間、様々な辛い体験をしており、下宿での寒さや寂しさ、暗さの体験や、自然が好きなのに工業化が進んだ

31）夏目漱石『漱石全集 第8巻』岩波書店 1974年 P524～525

ロンドンの汚い空気に汚染されて、体調まで悪くなったことなどによって、英国に対してのイメージは負の要素に満ちていたと思えます。

しかし、その辛い体験の中、ほんのわずかの間だけとはいえ、「下宿」の主人公の主婦との会話から、共通した境遇により、気持ちの共鳴を感じた瞬間もありました。

また、漱石の暖かさを求める心境については、「昔」で暖かさについて述べたように、気候の暖かさをこよなく愛することは勿論、そこから派生した家庭の温かさと、人間として憧れる暖かさ・温かさを求めることを想像せずにいられないのです。

漱石と主婦との共鳴を指摘した際にも述べたように、漱石は裕福な家庭に生まれたにもかかわらず、親の都合で里子に出されました。「主婦」は自分のことを死んだ母親から頼まれたにも関わらず、継父から母の財産を奪われ、冷遇されました。漱石と主婦はそれぞれ違う暖かい国から寒い英国に来ましたが、同じ境遇で辛い過去を背負っていました。

二人とも暖かい国から寒い英国に来て気候になじめない上に、「下宿」に漂っている家族の不和の雰囲気が一層、暗さと寂しさを際立たせています。

また、時期も悪く、11月の日本はまだ秋なのに、イギリスでは初冬で、ロンドンではすでに寒くなっています。この寒い時期にイギリスに到着したことも、マイナス要素の一つになったと考えられます。

そして北向きの食堂にマントルピースの上に寂しく生けてあった水仙を通して、家族が団欒するところでさえ寒い寂しい雰囲気であることを強調することで、家庭の温かさが全くない「下宿」を感じさせています。

漱石は、幼少期に親に里子として出された辛い体験がトラウマになり、英国での寒さ、暗さ、寂しさにより、その辛い体験が思い出され、

寒さ、暗さ、寂しさだけではなく、家庭の温かさがなかったことも、英国留学における大きな負の要素の一つであったと考えられます。

夏目伸六氏が「思うに、それ迄は余り人目につかずに、徐々に父の内部に醸成されていた生来の症状が、内外の悪条件と相候って、……一瞬にして父の英国における凡ての印象を、不快の一色に塗りつぶしてしまったのであります。」[32] と書いています。「生来の症状」というのは神経衰弱のことであり、漱石が神経衰弱を患うことになった原因は拙著、「漱石『個人主義』思想の自恃論的要素－アメリカ超越主義からの影響を探る－」で記述したように、「幼少期に関しては、漱石は生まれてすぐ里子に出されて、実の親から愛情をもらえず愛情に飢えた幼少期を送り、被害妄想やうつ病になりやすいトラウマでもあった。」[33] という幼少期の辛い体験が原因だったと考えられます。

漱石が英国を最後まで好きになれなかった要因は多々ありますが、下宿で似た境遇の主婦と出会うことによって、幼少期の辛い体験や、家庭の温かさに飢えていたことが蘇えるなど、負の要素が一段と増したことも大きな要因ではないかと考えられます。またその負の要素が、英国へのマイナスイメージをさらに増幅させていったのではないかと推察できます。

VII. 結びにかえて

以上、英国への留学における負の要素について考えました。幼少期、里子に出され、親に冷たくされた辛い体験は、漱石の性格形成に、そ

32）夏目伸六『父・夏目漱石』英語嫌いな漱石　文芸春秋社 1964 年 P89

33）高継芬、山本孝司『漱石「個人主義」思想の自恃論的要素－アメリカ超越主義からの影響を探る－』九州看護福祉大学紀要 VoL.13 No.1 P47

夏目漱石　東洋と西洋の狭間で　*35*

して、英国留学においても、漱石の人生においても、大きな影響を与えたと考えられます。

　社会体系の中で、血縁関係はもっとも基本的な関係であります。特に親と子は切っても切れない血縁関係であり、英国留学中の下宿での漱石の気候面での寒い、暗い、寂しい体験、そして、下宿の「主婦」との境遇面での共鳴によって、思い出させられた幼少期の辛い体験が、英国留学における大きな負の要素の一つとなりました。

　漱石の作品には、親が存在しないか、もしくは片親だけの場合が多く、幸せな家庭の描写はほとんどないのが特徴です。

　例えば、有名な『吾輩は猫である』の中でも「ふと気が付いて見ると、書生がいない。澤山居った兄弟が一疋も見えぬ。肝心の母親さへ姿を隠して仕舞った。」[34] などと描写されています。

　このように漱石が作品の中で完璧な家庭を描写しない理由は、彼が幼少期に里子に出されたという辛い体験に関係している可能性があり、その心を深く傷つけられた、思い出したくない幼少期の実体験が、作品においても完璧な家庭を描写したくない、もしくは描写できないことに繋がっていると思われます。

34）夏目漱石『漱石全集 第8巻』岩波書店 1974年 P6

第二章　漱石「個人主義」思想の自恃論的要素
－アメリカ超越主義からの影響を探る

Ｉ．はじめに
1．問題設定

　明治の文豪である夏目漱石が受容した外来思想については、英国留学の経験と結びつけて語られることが多いと思います。1900年（明治33年）、漱石33歳の年に、英国留学を命じられ、ロンドンにおいて2年余りにわたる海外生活を送っています。英国留学の経験が、漱石にとってあまり肯定的に受け取られなかったことは通説になっています。

　漱石が生きた明治時代は、日本の民主主義の胎動期でした。本章で取り上げるアメリカ超越主義の代表格ラルフ・ワルド・エマソン（Ralph Waldo Emerson,1803-1882）とウォルト・ホイットマン（Walt Whitman,1819-1892）も、それぞれに民主主義胎動期に生きた人です。時代区分で言えば、アメリカでは、アンテベラム期から南北戦争を挟んで、ポスト南北戦争期に相当します。日本では、明治期にあたりますが、民主主義思想を理論的支柱に据えた国会開設運動が展開されたのもこの時期です。教育においては、民権派として植木枝盛が「東洋大日本国国憲按」（1881年）[1] で、思想・言論・集会・結社の自由をあげ、「日本人民は何等の教授をなし何等の学をなすも自由とす」（「東洋大日本国国憲按」第59条）という自由教育論を説くなどの動きが

---

1) 植木によるこの草稿は、戦後、GHQ主導による日本国憲法草案のベースとなったと言われます。この見解については次の研究を参照してください。堀真清『植木枝盛の憲法草案（1881年）－合衆国憲法と日本国憲法とを架橋するもの』西南学院大学法学論集 Vol.23（No.2，3）1991年 P171-211

ありました。一方で、漱石が学童期を過ごした 19 世紀 70 年代から、学校現場において自由民権運動への抑圧も徐々に強まっていました。この流れはやがて個を国家へと吸収する「大日本帝国憲法・教育勅語体制」へと帰着することとなります。

　明治の黎明期にあって、漱石の立ち位置は独特です。当時の明治政府（文部省）の命により渡英し、いわば官の立場での留学でした[2]。しかしながら広く知られているように、漱石は英国において神経衰弱に陥り、帰国の途につきます。官職としての留学実績は落第点でした。さらに不思議なことに、漱石が共感を示したのは留学した英国ではなく、同じアングロサクソンの諸国でも、英国から独立したアメリカの思想でした。彼が共感を持ち、受容したアメリカの思想こそ、ホイットマンの文学に浸透していた民主主義思想にほかなりません。ホイットマンが讃美する民主主義は、大衆を主権に据えた民主主義であり、今日の大衆消費社会を基盤とするアメリカ民主主義のプロトタイプ的な思想であったといえるでしょう。他方で、彼による「大衆」讃美は、矛盾した表現になることを恐れずに言うならば、個人主義的側面をも併せもっています。

　こうしたアメリカ民主主義のもつ個人主義的性格は、ホイットマンに先立ち、エマソンによる自恃論のなかにも垣間見ることができます。エマソンは 19 世紀のコンコードを中心に起こった思潮である超越主義の立役者として位置づけられており、彼の自恃論は超越主義全般に通底するエッセンスでもあります。

　『民主主義と教育』（Democracy and Education）の著者でも知られ

2）この時の漱石の留学は英語研究のためとされていますが、「大学ノ講義ハ」授業料を「拂ヒ聴ク
　価値ナシ」として、漱石は途中でロンドン大学の英文学の講義を受けるのをやめています［夏
　目漱石（村岡勇編）『漱石資料－文学論ノート』岩波書店 1976 年］。

る、プラグマティズムの哲学者デューイ（John Dewey,1859-1952）は、エマソンを「民主主義の哲学者」と呼び、次のように述べています。「もし哲学者たちが、エマソンの辛辣にして穏健な文芸のみを褒めそやして、エマソンの形而上学をけなすなら、そのこと自体が、エマソンはおそらくわれわれ哲学者の慣習的な定義づけ以上になにか深いものを知っていたことを認める反証になる」[3]。ここでデューイによって指摘される哲学者としてエマソンに備わる「なにか深いもの」とは、アメリカ市民社会の成熟過程にあって、個人の尊厳、自己信頼を基軸にした公共領域の実現を唱えた彼の倫理的要請のことを指します。

　エマソンたち超越主義の最盛期から若干遅れて、ホイットマンは詩人としてのデビューを飾ることになります。ホイットマンは当時、エマソンとももちろん交流をもっていたのですが、その思想的影響関係については、ホイットマンの「わたしは自分自身を讃美します」という宣言にあるように、自己信頼の思想を基底とした人間観、社会観にあるといえます。こうした自分自身の存在を楽観的に肯定するホイットマンの詩作から、漱石は、日本に先んじて形成されつつあった市民社会の核たる民主主義的要素を見出しています。

　本章では、上に素描した、アメリカ民主主義思想の要となる超越主義を出発点とした「自恃」の教えが、ホイットマンを経由し、漱石にどのように受容されていったかを描くと同時に、こうした影響関係に位置づけた上で、漱石の個人主義思想の意義を探ることを試みます。この水脈を浮かび上らせることは、アメリカ文学、日本文学研究にまたがる個人主義受容の過程に光が当てられるのみならず、漱石の個人

---

3) Dewey,J., "Emerson-The Philosopher of Democracy," International Journal of Ethics,Vol.8.,NO .4.,July,1903,p.407.

主義の特質を、アメリカ文学史に位置づけて論究するための礎石になるものと思われます。

2．先行研究及び考察の視点

エマソンからホイットマン、ホイットマンから漱石への影響について指摘されてはいるものの、自己信頼の思想に焦点化してエマソンからホイットマン、さらには漱石へという思想的水脈について論究するものは、私が知る限り、これまでのところ存在しません。

漱石における個人主義に関する研究としては、亀山佳明の漱石思想における個人主義から超個人主義への発展過程の論考が代表としてあげられます[4]。本章で論究の素材としてとりあげる漱石とホイットマンとの関係については、漱石の読んだホイットマンの詩を通して、その影響関係を考察した、鈴木保昭、吉武好孝による研究があります[5]。

また、ホイットマンによる超越主義思想受容については、アメリカ文学研究において、とりわけエマソンとの関係に焦点化した論考が数多く存在します[6]。

本章の目的は、漱石とホイットマン、ホイットマンとエマソンの関係性をめぐる、こうした先行研究を踏まえ、近代市民社会の礎となる民主主義の主体としての「大衆」「個人」の在り方を、三者の言説、詩作のなかに読み取り、エマソン、ホイットマン、漱石の思想のなかに貫かれる思想的水脈を描き出すことにあります。その際に、考察の

4）亀山佳明『夏目漱石と個人主義−〈自律〉の個人主義から〈他律〉の個人主義へ』新曜社 2008 年
5）鈴木保昭「夏目漱石とホイットマン」『専修商学論集』14,1973 年 ,P.99-130.
　吉武好孝「夏目漱石のホイットマン受容−E．ダウデンの『ホイットマン論』との関連」（『英学史研究』10 号、1977 年、P.1-16）
6）両者の影響関係については、エマソンがホイットマンに宛てて、彼の『草の葉』に対し賛辞を送ったという事実から、アメリカ文学研究では半ば常識中の常識になっています。

視点を、超越主義に端を発する「自己信頼」の思想が、漱石「個人主義」形成にいかなる影響を、結果として及ぼすことになるかについて、焦点を当てます。

II. 漱石の個人主義思想の特質

1. 『私の個人主義』より

　『私の個人主義』は、漱石が 1914 年（大正 3 年）に学習院大学で行った講演を筆記したもので、漱石 48 歳の時の作品です。漱石は、個人主義を実践するには、として、次の 3 点を挙げました。

　すなわち、①「自己の個性の発展を遂げようと思うならば、同時に他人の個性も尊重しなければなりません」、②「自己の所有している権利を行使しようと思うならば、それに付随している義務というものを心得なければなりません」、③「自己が全力を示そうと願うならば、それに伴う責任を重んじなければなりません」です。組織に所属する者にはなかなか判らない見識かもしれませんが、漱石が提示する「個人主義」は、決して自分勝手に何をしてもよいというものではなく、常に自己責任と義務を伴うものであり、また同時に他人の個性をも尊重しなければならないものでもあります。そして、他人に従い、他人の価値観によって引きずられて生きるのではなく、自分が生きる道は自分で見いだすと説いています。そのうえで、その出発点に立てば、自分の仕事に邁進することが大事であり、そうしなければ一生の不幸だと述べています。

　以下に、漱石の個人史を日本の当時の歴史状況と並べてみながら、『私の個人主義』という作品の持つ意義を明らかにするとともに、漱石における「個人」の位置づけを明らかにしたいと思います。

1）漱石の個人史

　漱石の生まれた年は、徳川幕府による封建体制の崩壊の時期に当たり、日本はその翌年から年号を明治と改め、西欧の列強に対抗すべく近代国家体制の構築を急いでいました。つまり、明治の年号よりも一年年長である漱石が歩んだ半世紀に及ぶ生涯は、日本における歴史的な変革期とほぼ時期を同じくしています。明治から大正時代には、日本の開国による西洋文化の到来、日清と日露という二つの戦争、明治天皇の崩御と明治時代の終焉などがありました。

　明治政府に仕える人たちの多くは、かつては武士階級であり、日本の藩、家といった集団に仕えることに重きを置きながら日本を動かしてきました。このような、日本の未来を考えてきた人たちは、必死に西洋に追いつこうとする日本の成長が、結局は西洋の模倣でしかないという虚しさを感じながら、また封建制度が姿を消す時代に、自らの拠り所を見つけていくことにも苦悩します。

　漱石は熊本の第五高等学校での英語の教師生活（1896 年 6 月〜1900 年 7 月）を経て、1900 年 9 月に文部省第一回給費留学生として、官命のもとに、英国へ出立します。

　幼少期に関しては、漱石は生まれてすぐ里子に出されて、実の親から愛情を注がれず愛情に飢えた生活を送り、被害妄想やうつ病になりやすいトラウマを抱えていました[7]。

　1892 年（明治 25 年）10 月に漱石は、「文壇における平等主義の代

7）ここにいう「うつ病」は、当時は「神経衰弱」という言い方でした。漱石は「神経衰弱」に何度も襲われますが、中でも英国に留学中に一番ひどい神経衰弱に陥ってしまいました。しかし、自分はこれまで他人本位ではなかったか、それこそが空虚さや不安の根本原因ではないかと思い至り、「他人本位」から「自己本位」へと脱け出したことで、神経衰弱も徐々に良くなりました。まさしくそこが、文豪夏目漱石が誕生した原点でした。

表者『ウォルト・ホイットマン』の詩について」という文章を著しています。漱石は、ホイットマンの「独立精神」を称賛し、その「独立精神」から自身の「個人主義」の形成に大きな影響を受けます。

　漱石の「個人主義」の形成を考える際に、彼の英国留学の影響は看過できません。漱石の英国留学は文部省の命令であり、自ら望んだ訳ではありませんでした。漱石は、大学では英文学を専攻しながら、文学とはどういうものかよく解らないという不安を抱いたまま大学を卒業し、松山から熊本へ赴任し、さらに英国へ留学して、悩みに悩んでようやく、日本に帰る間際に、その答えを見つけることができました。それが、彼の終生のテーマともなる「自己本位」という考え方です。

　英国に留学して、日本とは異なる個人の在り方に気づき、果たして英文学の本質を理解できるのだろうかという戸惑いもあったのだと思います。漢文をこよなく愛し、俳句をたしなみながら、日本的な精神文化に浸りきって生活してきた漱石にとって、英国は決してその文化を受容しやすい国ではありませんでした。こうした意味合いで、漱石には英文学を研究することに葛藤もありました。漱石は、「文学とは何か」という疑問から出発しましたが、書物を読んでもどこにも答えがなかったばかりか、留学した当時には、書物を読む意味さえ分からなくなっていました。そして、彼がたどり着いた結論は、書物を読むだけでは人真似に過ぎないこと、それゆえ、文学の概念も自分で作り上げるものだという、「自己本位」という考え方だったのです。

　漱石は英国を好んでいませんが、英国で西洋的自由主義と個人主義を学び、それに

第五高等学校を前身とする熊本大学の構内にある漱石の銅像。漱石はここで４年間、英語の教師を務めた後、英国に留学しました。

影響を受けて帰国します。漱石は言います。「西洋人がこれは良い詩だと言っても、自分が心からそう思わなければ、受け売りすべきではない。我々日本人は、英国の奴隷ではない。一個の独立した日本人である限り、自分のしっかりした見識を持つべきだ」と。彼は西洋人の近代的個人主義に感化されながらも、無批判な西洋化の風潮を拒絶する一方、帰国後はいまだ封建主義が残っている日本の「世間」に一石を投じることを試みます。

　その後、心の内面を掘り下げながら、近代的自我をぎりぎりまで追求した漱石が最後にたどり着いた境地は、「許す」ことを理想とする立場でした。それは晩年の彼の揮豪である「則天去私」の思想に通じるものです。天という、個人の自我を超えた大きな存在に、自分を委ねる生き方です。天に委ねることで、人に寛容であり、何ものをも包摂できるという、ある種の悟りでした。

　2）漱石における「個人」の位置づけと「私の個人主義」のもつ意義
　英国に留学している間に、漱石は次のような文章を記しています。「この時の私は初めて文学はどんなものだか、その概念を根本的に自力で作り上げるより外に、私を救う途はないのだと悟ったのである。今まで全く他人本位で、根のない萍のように、そこいらをでたらめに漂っていたから、駄目であるという事にようやく気が付いたのである。私のここに他人本位というのは、自分の酒を人に飲んで貰って、後からその品評を聞いて、それを理が非でもそうだとしてしまういわゆる人真似を指すのである」[8]。

　『私の個人主義』の中で、漱石は英国留学中に自分の生きるべき道

8）向学新聞 2002 年 11 月号

を決めたと述懐していますが、この作品のライトモチーフは「自己本位」とは何かを立証することでした。この「自己本位」という精神的態度は、漱石の自己信頼の基礎ともなっています。それは漱石が次のように述べていたことからも窺えます。「私はこの自己本位という言葉を自分の手に握ってから大変強くなった。彼ら何者ぞやと気概が出た。今まで茫然と自失していた私に、ここに立って、この道からこう行かなければならないと指図をしてくれたものは実にこの自己本位の四字なのである。」[9] ここに言われる「自己本位」は個人主義と同義です。漱石に言わせると、個人主義と利己主義とは全く違うものなのです。個人は自由に振る舞ってもよいのですが、必ずそれには義務が伴うものだと漱石は語り、さらに、自由に行動するには徳が必要だということも言及しています。徳を人格者と置き換えても同じです。

　漱石の「自己本位」とは、日本人固有の視座・立場から、西欧の文学・文明を洞察し批評しようとする、文学観、及び創作の姿勢・態度の立脚点の確立です。それは即ち、対西欧的な自我の確立、さらに言えば、彼による対西欧的な位相を帯びた個人主義の確立だと言っても過言ではありません。「自我の実現にその価値を置く個人主義は、そうした意志が過剰に発見される場合、利己主義・自由主義・物質万能主義さらには権力をも引き起こす可能性を多分に秘めている」[10] と漱石は、際限なき自我の実現を戒めてもいます。

　明治時代は、日本中が国家主義に沸きかえっている時期でした。国家主義とは、国のために自己を抹殺することであるという意味合いにおいて、漱石は公然とこれに反発していました。それ以上に漱石は、

9)　夏目漱石『私の個人主義』講談社 P136.
10)　夫伯（2000 年）「夏目漱石」『吾輩は猫である』主題論『日本文学報 第 9 集』韓国　日本文化
　　学会

国家的道徳よりも個人的道徳のほうがはるかに優れているとも言っています。その言葉の裏には、国が優れたものになるためには、個人が優れたものにならなければならないという意味が隠されているようです。

　結局、漱石が「自己本位」ということを追求するためには、「文学研究」という枠の中では不可能でした。漱石にとって、それは小説という舞台で初めて可能となりました。

　以上のように、英国で西洋的「個人主義」に触れた漱石は、長い人生行路の末に、西洋的「個人主義」を超える生き方を見出しました。漱石の評論は半世紀以上も昔のものですが、その思想は今日なお示唆に富むところが多く、日本の将来を探るうえで役に立つ指針を含んでいると思われます。漱石文学は繰り返し出版されていますが、その要というべき講演集は日本国民の思考の基盤ともなり得るものです。

２．漱石によるホイットマン論（「文壇における平等主義の代表者『ウォルト・ホイットマン』の詩について」）

１）漱石「個人主義」形成へのホイットマンの影響

　ホイットマンは、1892年３月に亡くなりますが、同年10月に漱石は「文壇における平等主義の代表者『ウォルト・ホイットマン』の詩について」論評を書いています。漱石は、ドゥーデン（Edward Dowden）の「ホイットマン論」とライス（E.Rhys）編集『草の葉』によってホイットマン像を描きました。このような執筆環境条件をみると、漱石による論考は、ある限定される枠内で書かれた「ホイットマン論」です[11]。

11）漱石自身、こうした限界について、William M. Rossetti 編集『ウォルト・ホイットマン詩集』（Poems by Walt Whitman）や、Richard M. Bucke の『ウォルト・ホイットマン』（Walt Whitman）、ホイットマン自身による "Speciman Days and Collect" を読んでいたなら、より一層の広がりをもったホイットマン論が書けたであろうことを、論文のなかで認めています。

漱石が学生時代にホイットマンについて寄せた論考をみると、ホイットマンの「独立精神」と漱石の「自己本位」はある共通項を有することが窺えます。この論考のなかで、漱石はホイットマンに関して次のように述べています。「元来共和国の人民に何が尤も必要な資格なりやとの問は、独立の精神に外ならずと答ふるが適当なるべし。独立の精神なきとは平等の自由のと囃ぎ立つるも、畢竟机上の空論に流れて之を政治上に運用せんこと覚束なく、之を社会上に融通せんこと益難からん。人は如何に言ふとも勝手次第、我には吾が信ずる所あれば、他人の御世話は一切断はるなり。天上天下、我を束縛する者は只一の良心あるのみと澄まし切って険悪なる世波の中を潜り抜け跳ね廻る是れ共和国の気風なるべし。共和国に生まれる『ホイットマン』が己れの言ひ度き事を己れの書き度き体裁に叙述したるは亜米利加人に恥ぢざる孤立の気象を示したるものにして天晴れ。一個の快男児とも偉丈夫とも称してよかるべし」[12]。

　この引用から漱石が「独立した気性を示した」ホイットマンの言動を肯定的にとらえており、とりわけ彼の独立精神に対して敬意を表していたことが読み取れます。ここで「独立精神」と呼んで賞賛している点に、後に漱石によって「自己本位」という言葉で言い表されることになる概念の萌芽を見出すことができます。

---

[12] この漱石の文章は「哲学雑誌」からのものです。「哲学雑誌」は井上円了らによって明治17年1月に創立した「哲学会」の機関誌です。当初は『哲学会雑誌』として明治20年2月に哲学書院より創刊されましたが、明治25年6月、第7巻第64号から『哲学雑誌』と改題して哲学雑誌社より発行されることとなります。漱石は明治24年7月から明治26年1月まで『哲学雑誌』の編集委員を務めており、当時執筆された漱石の多くの文章は同誌に掲載されています（武田充啓『「自己本位」と「則天去私」―漱石における自己への態度―（二）』奈良工業高等専門学校紀要 Vol.45 2009年度 P7）。

2）「平等主義」と「独立精神」、「自己本位」の関係

漱石は、ホイットマンの詩集に関する論考で、19世紀のホイットマンが身を置くアメリカ民主主義に関しては、「時間的に平等に、空間的に平等なり。人間をみることは平等に山河禽獣を遇すること平等なり。」と分析していました。

漱石は、ホイットマンの「平等主義」と「独立精神」（「自己本位」）の関係を次のように述べています。「平等について—じぶんと同じ機会と権利を他人に与えるんじゃ、平等こそじぶんに害があるみたい—他人が同じ権利をもっているんじゃ、まるで自分自身の権利にとって、平等が必要不可欠ではないみたい」[13]。「平等」にかなり敏感だった漱石が、ごく若いころから「独立精神」すなわち「自己本位」を思想として尊重していたことに疑いはありません。「自己本位」を平等に生きる人びとは、そのために当然余儀なくされる社会、「自己」が相対的なものでしかないという現実と他者を尊重すべきだという理想とを、併せて見届ける生活者でもありました[14]。

また、漱石は『文壇の趨勢』の中で、平等主義に関して次のように述べています。「いわゆる文明社会に住む人の特色は何だと纏めて云って御覧なさい。私にはこう見える。いわゆる文明社会に住む人は誰を捉まえてもたいてい同じである。教育の程度、知識の範囲、その他いろいろの資格において、ほぼ似通っている。だから誰かれの差別はない。皆同じである。が同時に一方から見ると文明社会に住む人ほど個人主義なものはない。どこまでも我は我で通している。人の威圧やら束縛をけっして肯わない。信仰の点においても、趣味の点においても、

13）ホイットマン（木島始編訳）『ホイットマン詩集』岩波書店 1997年 P113
14）武田充啓『「自己本位」と「則天去私」−漱石における自己への態度−（二）』奈良工業高等専門学校紀要 Vol.45 2009年度 P93-104

あらゆる意見においても、かつて雷同附和の必要を認めない。また阿諛迎合の必要を認めない。してみるといわゆる文明社会に生息している人間ほど平等的なものはなく、また個人的なるものはない。すでに平等的である以上は圏を画して圏内圏外の別を説く必要はない。またすでに個人である以上はどこまでも自己の特色として保存する必要がある」[15]。

　このように、漱石は平等主義と個人主義の関係について、自己をしっかり持たず、人のいう事をそのまま附和することは、本当の平等主義ではないことをはっきり主張しています。漱石は「独立精神」がなければ「平等」も「自由」も「政治上の運用」することができない「机上の空論」に終わる儚いものだと考えていました。その意味で「自己本位」は社会的貢献の基礎とも見なされます。

　漱石と同時代、ロック（John Locke,1632-1704）の思想が日本にも輸入され、福沢諭吉らによって「天賦人権論」として説かれています。ここに言われる「天」も神の意味であり、人権は神から賦与されるがゆえに、不可侵であることが述べられます。つまり、この場合、神が個人の権利主張をする際の準拠枠になっているのです。この神を人格神と捉えるかどうかは別にして、自己を超えたところに超越的な存在を設定する態度は漱石の個人主義の中にも見られます。

　前述したように、国家主義に対して反発し、国家的道徳よりも個人的道徳の方に優位性を認める漱石でしたが、こうした信念の背景には、国が優れたものになるためには個人が優れたものにならなければならないということが含意されていました。そして、こうした個人単位の道徳的育成による社会変革というストラテジーは、ホイットマンの、

15）夏目漱石「ちくま文庫 夏目漱石全集 10」筑摩書房 1988 年

ひいては19世紀前半の超越主義の主張にリンクする考え方でした。漱石が、ホイットマンに見た独立精神を持った個人によって構成される平等な民主主義社会という観念は、その源流を超越主義者たちの思想の中に持つという着想は、彼によるホイットマン思想への接触という点から、あながち穿った見方ではないでしょう。このような着想を検証するため、次に19世紀のアメリカ超越主義思想とホイットマンによるその受容について論考し、超越主義の核となる「自己信頼」概念と漱石「則天去私」概念との類似性を探ることにしたいと思います。

III. アメリカ超越主義における自恃論－エマソンからホイットマンへ

1. 「超越」的思潮とエマソン

　ホイットマンが文壇に登場する19世紀40年代に先行して、アメリカ精神史上、影響力をもっていた思潮に超越主義（Transcendentalism）があります。文学史の中では、時折ホイットマンもこの思潮のメンバーに含まれることもありますが、超越主義思想の担い手たちが活動した時期はホイットマンよりも10年先です。

　超越主義は19世紀20年代にニューイングランドのコンコードを中心に台頭してきた思潮であり、その影響は文学をはじめ、宗教、哲学、芸術等多岐に渡ります。その中心となる人物は、アメリカの「知的独

---

16) アメリカの知的独立宣言と位置づけられるのが、1837年のエマソンによる講演「アメリカの学者（American Scholar）」です。エマソンはこの講演の冒頭で次のように述べました。「このアメリカ大陸での怠慢な識者が、その重い瞼の下から目を見開き、機械的技能の運用よりも、はるかにすぐれたものでもって、後回しにされてきた世界の期待を、遅ればせながら満たす時期がすでに到来しているのです。われわれの依存の時代、他国の学芸に対する長年の徒弟時代は終わろうとしています（Emerson,R.W., "American Scholar," The Complete Works of Ralph Waldo Emerson,Vol.1,Boston,Houghton Mifflin & Co.,1903,p.81）」。この講演は、学者のあるべき姿を論じる形で、学者の自立性を説くと同時に、ヨーロッパの模倣を脱することによって、自らの文化を創造することへの要請でありました。

立宣言」[16)] で知られるエマソンです。超越主義を一言で定義することには困難が伴いますが、エマソンの言に従うと、「ある種の唯心論」[17)] であり、物質的なものに対して精神的なものの優位性を説く思想でした。この思潮の担い手のほとんどはユニテリアン派の牧師出身者で占められていることからも察せられるように、元来、この思潮は宗教の領域で産声を上げました。宗教領域において、ユニテリアンと、それに続く超越主義が克服の対象としたのは、植民地時代以来、アメリカの人々の精神に強く影響してきたピューリタニズムでした。

　17世紀にアメリカに移住してきた人々のほとんどはプロテスタントの一派であるピューリタン（会衆派カルヴィニスト）たちでした。植民地ピューリタンたちはみな、教会の退廃と世俗化に抗して新大陸にやってきた人々です。彼らが奉じていた教義は、予定説と原罪説であり、それらは人間の堕落と神の前における人間の卑小性を説いていました。

　こうしたピューリタニズムに対して、18世紀以降に登場してくる理神論のひとつであるユニテリアニズムは、人間の自由意思を重視する理性尊重の立場から、ヒューマニズムの神学を提唱します[18)]。その代表は1819年にボルティモアで、「ユニテリァン・キリスト教」（Unitarian Christianity）と題した説教を行ったフェデラル・ストリート教会のチャニング（William Ellery Channing,1780-1842）です。彼はエマソンら超越主義者を、「われらが主教」（our Bishop）と呼んだ

---

17) エマソン（酒本雅之訳）「超越論者」『エマソン論文集　下』岩波書店 1973年 P71
18) この時期には、メイヒュー（Jonathan Meyhew,1720-1766）のようにピューリタニズムに属する会衆派内部からも理神論への傾斜が起こってきます。また同時期にヘンリー・ウェア（Henry Ware,1764-1845）が、ハーヴァード大学に神学部を創設し、同大神学部は19世紀ボストン・エリートとしてのユニテリアン牧師養成の牙城となっていきました。

人物であり、彼の自由神学思想はユニテリアンと超越主義との懸け橋的な役割を担いました。

エマソン自身、ハーヴァード大学を卒業後、1832年まで、ボストン第二教会の牧師職を務めており、元々宗派的にはユニテリアンとして活動していました。エマソンら超越主義者たちは、チャニングが説いた人間の善性をさらに推し進め、人間本性に神性を認めました。その論拠は、エマソンが『自然論』（Nature）のなかで論じたように、個人の魂（精神）による神や自然と直観的なつながりに求められます。すなわち、人間は神や自然と精神的なつながりを有するがゆえに、「神と同じくらい」に神聖な存在であるとされます。その際、「自然は精神の象徴」[19]であり、こうした精神は、大いなる「理性」（エマソンは「大霊」over-soulと呼ぶ）の表れでもあるために、自然もまた、神性を宿すのです。こうした人間観、自然観に関連して、超越主義は、ユニテリアンがそうであったような宗教的な枠組みを超えて、文学、教育をはじめとする多岐にわたる社会活動において、人間主義的な理想主義を説いてゆくことにつながりました。

超越主義者エマソンとユニテリアニズムとの決別が決定的となったのが、彼による説教「主の晩餐」（The Lord's Supper）でした。この説教の中で彼は次のように語っています。「私は、教会の皆さんに対し、パンやぶどう酒を使用するような儀式を取りやめ、このような儀式を行うこと自体に、何か権威をもっているかのように主張することをやめるように提案し、同じ目的をもっての集まり、誰の反対もなく開かれるようなやり方を提案しているのです。皆さんは私の意見を忍耐強く率直に検討したうえで、現行の形式を守るほうがよいとの結論

---

19) エマソン（酒本雅之訳）「自然」『エマソン論文集　上』岩波書店 1973年 P57

を満場一致で推薦されました。したがって、私はこの儀式を続け、教会を運営していくことがよいかどうか考えてみなくてはならなくなりました。はっきり言って、私は牧師として教会の儀式をこれまでどおり執り行っていくべきではない、というのが私の見解です。私はすでにずいぶん長くお話をしてまいりましたから、私の決意の理由は、端的に言って、次のようなことだとしか言うことができません。つまり、キリスト教の牧師としての仕事をしていく場合、心を込めてすることのできないことは、何ひとつやりたくないというのが私の願いなのです。これだけ言ってしまったのですから、すべてを言ったのと変わりありません。」[20] こうしたエマソンの提案は、ボストン第二教会の会衆には到底受け入れがたいものであり、その結果エマソンは牧師職を辞任することになります。

2．自恃の教え－アメリカにおける自我の芽生え

「自恃」（self-reliance）あるいは「自己信頼」（self-trust）はエマソン超越主義思想の中核です。エマソンはエッセイ "self-reliance" の冒頭で、次のように述べています。「自分自身の思想を信じること、自分にとって自分の心の奥で真実だと思えることは、万人にとっても真実だと信じること、──それが普遍的な精神というものなのだ。内心にひそむ確信をひとたび語れば、きっと普遍的な意味をそなえたものになる。」[21] このエマソンの言表には、彼による自恃の教義がもっとも鮮明に表れていますが、こうした「自己信頼」の思想は、先述したような、神との直観的なつながりを持つことを通しての人間の神聖

20) エマソン（酒本雅之訳）「主の晩餐」『エマソン論文集　上』岩波書店 1973年 P29-30
21) エマソン（酒本雅之訳）「自己信頼」『エマソン論文集　上』岩波書店 1973年 P193

化に、その論拠が求められます。

　このような信念はまた、エマソンをして「もし、私が悪魔の子であるならば、私は悪魔に従って生きるまでです。私の本性の法則以外にどんな法則も、私にとって神聖ではあり得ません」[22]と語らしめます。

　この彼の発言は、いきおい自我の際限のない肥大化に帰結するとの危惧もあります。周知のように、近代の理性主義は自己保存の原理に基づき、自我と自我のぶつかり合いをいかに調整するかということが、近代国家誕生の一契機にもなりました。この歴史的文脈からみると、エマソンの自恃の教え、自己信頼の思想は、楽観的に過ぎ、ホッブズ（Thomas Hobbes,1588-1679）が回避しようと試みた『リヴァイアサン』(Leviathan)のなかで示される「万人の万人に対する闘争」(the war of all against all)をみすみす奨励するような言説、あるいはルソー（J.-J. Rousseau,1712-1778）が『社会契約論』（Le Contrat Social）のなかで示した「一般意思」概念をなし崩しにする言説に転化する可能性をも有しています。

　他方でエマソンの説く自恃の教えは、近代における自己保存の原理という文脈上での「自分中心主義」とも区別されます。それもまた、彼の「自己信頼」思想が、神の無限なる精神に包摂されるという自然観、人間観を前提にしていることによります。こうした自然観、人間観は、人間の本性の神聖化の論拠となる一方で、自我の肥大化への制御としても働いています。エマソンは言います。「人間は個人的生活の内部あるいは背後に普遍的な魂の存在することを意識していますが、この魂のなかにおいては、あたかも大空のように"正義""真理""愛""自由"の本性が現れて、輝いているのです。この普遍的な魂を、

22）エマソン（酒本雅之訳）「自然」『エマソン論文集　上』岩波書店 1973 年 P57

人は『理性』と呼ぶ。その理性は、私のものでも、あなたのものでも、彼のものでもなくて、われわれの方が理性に属しているのです。われわれ人間の方こそ、理性の所有物であり、従僕です。」[23]

　このようにエマソンの思想にあっては、個人の精神を「普遍的な魂」（理性）との関係において限定し、後者を前者の自己準拠システムの枠組みとみなすところに特徴があります。この点は、先に指摘した漱石「個人主義」のエッセンスである「自己本位」を基調とした「平等主義」にも通じる特徴です。

　エマソンの自己信頼の思想は、19世紀前半のピューリタニズムが色濃く残る社会において、個としての人間の本性に対する信頼を回復するための対抗思想として有効でしたが、産業化、都市化のさらなる進展と奴隷制をはじめとする社会問題が顕在化してくる19世紀後半には、その個人主義的思想は修正を余儀なくされます。その渦中にあったのが、ホイットマンであるといえます。

3．ホイットマン－アメリカと自我の結合

　ホイットマンの生涯は、ほぼ19世紀の大半にまたがり、アメリカの激変期に相当します。こうした激変は、たとえば「明白なる運命」（manifest destiny）というスローガンの下での西漸運動と拡張主義、南北戦争と戦後の混迷、産業革命と資本主義の発展、都市化等が含まれています。また、文学史的にみたときには、ロマン主義からリアリズムに移行した時代でありました。こうした激変のすべてをホイットマンは直接体験した人物です。

　ホイットマンは、印刷見習工から身を起し、1840年代には社会派

23）エマソン（酒本雅之訳）「自然」『エマソン論文集　上』岩波書店 1973年 P57

ジャーナリストとして活躍しました[24]。その傍らで小説『大酒飲み
フランクリン・エヴァンズ』（Franklin Evans:The Inebreate.A Tale
of the Time,1842）を著すなど文学的な執筆も行っています。評論『民
主主義の展望』（Democratic Vistas,1871）を著していますが、文学史
的にみると彼はアメリカ近代詩人の創始者として位置づけられていま
す。

　ホイットマン文学は、先述したエマソンの自恃の教えをさらに大衆
化した思想に貫かれています[25]。彼が本格的に詩作活動を展開して
いくのが、19世紀50年代です。その頃には重工業部門を中心に産業
革命が進行し、その過程を終えつつありました。北部においては、工
業化、都市化に伴う社会問題、移民の流入、南部においては、奴隷制
と民主政治との制度的矛盾を抱えていた時代でありました。まさに南
北戦争前夜です。超越主義のもつロマン主義的な楽観性は、個人の本
性を旧いピューリタニズムの牢獄から解放し、文化的にもアメリカの
独自性を意識させることに成功しましたが、個人と社会との間に存在

---

24) ジャーナリスト時代、主として40年代前半期はニューヨークで日刊紙『オーロラ（New
　York Aurora）』の編集、後半期は日刊紙『イーグル（Brooklyn Eagle,and Kings Country
　Democrat）』の編集に携わっていました。またこの2紙を含めて、ホイットマンが関わってい
　た新聞は8種類になります。アレンによって、この時期のホイットマンの民主党への傾倒が指
　摘されています（Allen,Solitary Singer:A Critical Biography of Walt Whitman,New York,New
　York UP.,1967）。
25) ジハーヴァード大学のチャールズ・エリオット・ノートン教授は、ホイットマンの『草の
　葉』を超越主義と結び付けて、次のように評しています。「その詩は手短に述べれば、ニュー
　イングランドの超越主義者とニューヨークの無頼の徒の合成ということになるだろう。消防
　士か乗合い馬車の駅者が、15年か18年前にボストンで最高潮に達したあの流派（超越主義
　者たち）の思弁を吸収する知力があり、それを彼自身の形式で再現する才能を持ち、従来の
　あらゆる適正な言葉の使い方を侮辱するに十分な自惚れと世人の趣味に対する軽蔑を抱い
　ているなら、この野卑でしかも高潔な、この浅薄でしかも深遠な、この言語道断でしかも
　人を魅了して止まない本を書くことができたのであろう。（Hindus,M.ed.,WW.The Critical
　Heritage,London,Routledge & Kegan,1971,P25）」

する制度には無頓着でした。こうした無頓着さから、1850年代には、しだいに運動としての超越主義は下火になっていきます。ホイットマンは、自己信頼を説いた超越主義が勢力を失いつつある中、ある意味で彼らの自己信頼の思想を内容的にも形式的にも凌駕する様態で登場しました。

　1855年に『私自身の歌』（Song of myself）を発表したときに、「私は私自身を讃美する」と謳ったホイットマンに対して、エマソンは「私は偉大な道程の門出に立つ貴君に挨拶状を送る……このような出発のためには、どこかに長い先立つ時期があったに違いない」[26]と書き送っています。エマソンは、ホイットマンによる性的表現は受け入れることができませんでしたが、ホイットマンの誇大ともとれる自己信頼の表明に対しては好意的でした。

　アメリカにおける知的独立の切っ掛けをつくったエマソンも、アメリカに対する理想は表現していたものの、ホイットマンはアメリカ合衆国という国家を一個の有機体として捉え、表現する欲望を持ち、それがひいては自らをアメリカと一体化させる表現へと繋がっているといえます。ホイットマンは『草の葉』（Leaves of Grass）初版の序文において「アメリカ自体が最大の詩」であり、詩人は「超越的で新しい」表現形式でアメリカを「具現すべきである」と説きました。ホイットマンによって「アメリカ」はいかなる集合体であったのかについては、次の行に示されています。「アメリカは過去を拒まず、たとい古い形式の下で、古い政治体制のさなかで生み出されるものであっても、たとい身分制度の思想であれ今は人心をはなれた宗教であれ、ともかく

---

26)（『読者版』p.730）エマソンはホイットマンの『草の葉』に賛辞を贈りながらも、第三版が出版される前に性にかかわる詩を削除するように忠告しています（Speciman Days,P281-82）。

も過去のいっさいの所産を拒まず——平然とその教訓を受け入れ——すでに役目を果たした生命が今は新しい形式を得て生まれ変わっているというのに、意見や風俗や文学が未だに過去の形骸に装われ、露命をつないでいるからとて、けっして苛立つことなく——その屍が寝室や食堂からゆっくりと運び出されていくのを認め——それが戸口のところに至ってしばしためらう姿を認め——それがその時代には一番ふさわしかったのだということを——そして今や登場を待つ頑健で見事な肉体を具えた後継者の手中に活動のバトンが譲り渡され——この新たな人物も、やはりその時代には最適だろうと認めるのである。」[27]

　他国、とりわけヨーロッパと対比しているアメリカについての描写では、やはり民主主義を意識しています。「他の国なら代表者をたてて国威を示しもしようが——しかし合衆国の真価を、はっきりと、あるいはくまなく表しているのは、行政部でも立法部でもなく、さては大使、作家、大学、教会、社交界でもなく、新聞や発明家たちですらなく——東西南北のあらゆる州に、その力強く豊かな国土のいたるところに生きている民衆こそ、つねに最大の代表者なのだ。」[28] そして、こうした民衆の代弁ツールとして詩をあげ、詩人を民衆の代表としてホイットマンは位置づけました。「旧世界には神話、虚構、封建制、征服、階級制度、支配者層、戦争、立派な例外的人物や事柄に関する詩があり、それらは偉大であった。しかし、新世界は現実的、科学的、民主的な一般的人間と基本的な平等についての詩を必要としている。それらはさらに偉大なものになるであろう。すべてのものの中心に、そしてすべてのものの対象の中に、人間が存在している。」[29]

---

27) ホイットマン（杉木喬・鍋島能弘・酒本雅之訳）『草の葉　上』岩波書店 1969 年 P11
28) ホイットマン（杉木喬・鍋島能弘・酒本雅之訳）『草の葉　上』岩波書店 1969 年 P12
29) Whitman,W., "A　Backward Glance o'er Travel'd Roads," Leaves of Grass,P568

ここに言われる「基本的な平等についての詩」に関しては、ホイットマンの詩作の方法が拠って立つ新しい表現形式は、「新しい文学」（a New Literature）「新しい詩」（a new Poetry）と同時に、「新らしい形而上学」（a new Metaphysics）とも換言され[30]、形式のみならず、思考の枠組みそのものの新しさが求められていました。ホイットマンが超克しようと試みた思考の枠組みとは、近代西洋が抱えた主体と客体の二項対立図式であり、これらの峻厳なまでの対立の解消という課題は、穿った見方をすれば、ポストモダンの先取りでもありました。こうした主客を合一させる企図は、エマソンの大霊（大文字の「理性」）によって包括される自然観にもすでにみられますが、ホイットマンの次のような表現にも表れています。「ぼくの精霊は共感にひたり決意を貫きつつ地球をすっかりまわり終え、ぼくと対等に愛を交わすことができる者たちを探し求めてあらゆる国々に彼らがぼくを待ち受けていてくれていることを知った。きっと神聖な何かの霊がぼくと彼らのあいだに通いあいぼくらを対等にしてくれたに相違ない。」[31]

　「共感」を媒介に、このような自分と他者、自我と非我との間の境界の曖昧化は、それらとの対等な関係を築く要であるとともに、私的な自己を超越する契機でもありました。それらは自然に存在する万物に対しても適用されることにより、次のホイットマンによる詩的表現は、さながらエマソンの「自然論」を想起させるものとなっています。

　「地上のあらゆる芸術と議論を越える平和と歓喜と知識が迅速に立ち現われてわたしの周りに広がった、そして私は知る神の手は私の手

30）Whitman,Walt,Complete Poetry and Collected Prose,New York,Library of America,1982,P98431）エマソン（酒本雅之訳）「自己信頼」『エマソン論文集　上』岩波書店 1973 年 P193
31）ホイットマン（杉木喬・鍋島能弘・酒本雅之訳）『草の葉　上』岩波書店 1969 年 P341

の年長の兄弟だということ、そしてわたしは知る神の霊は長兄だということ、そしておよそ生まれてきた男たちはすべてわたしの兄弟であり……女たちはわたしの姉妹であり恋人たちだということ、そして万物を支える内龍骨は愛だということ、そして野原のこわばったあるいは萎れた葉っぱは無限であり、そしてその葉っぱの下の小さな窪みに這う褐色の蟻も無限であり……。」[32]

IV. 結びにかえて－漱石「個人主義」のなかに流れる超越主義思想

　以上、本章では、漱石の「個人主義」思想の形成過程をたどりつつ、彼の「則天去私」に裏打ちされる「自己本位」概念を描出しました。その上で、彼が比較的肯定的に受容したホイットマンならびにその前史にあたる超越主義思想家エマソンの個人主義思想との水脈を浮き彫りにすることを試みました。

　漱石がホイットマンの作中に見出したのは、個人の独立精神を基調とする平等主義でした。こうした平等主義は、時間的空間的な「平等」観でした。そして、平等主義は個人主義を基調とするアメリカ民主主義の礎でもあります。

　ホイットマンの「平等」観は一方において、19世紀のアメリカにおける民主主義の一翼を担っていた大衆文化を称賛する態度に満たされていたといえます。その際、彼による「大衆」賛美は「大衆」のなかに個人を埋没させるのではなく、個人の賛美を前提とする大衆社会の肯定的表明でした。その意味では個人主義の延長線上にデザインされる集団主義ともいえる社会観であり、このような個人主義の賛美は

32）ホイットマン（杉木喬・鍋島能弘・酒本雅之訳）「わたし自身の歌」『草の葉　上』岩波書店 1969年 P107

思想史的文脈をたどると、超越主義における自恃の教え（「自己信頼」の思想）につながることが本章のなかで確認されます。

　上のような作業を通し、漱石の「他の存在を尊敬すると同時に自分の存在を尊敬する」「党派心がなくって理非がある」[33]ような個人主義の奨励のなかに、ホイットマンを経由したエマソンの自己の在り方に関する超越的思想からの影響の一端が見て取れることを、本章では明らかにしました。

　このようなエマソン・ホイットマン・漱石の個人主義思想で言及される「自己」は、西欧近代的な自我とは異なる、ある種の東洋思想的な要素が混在している事も、ここで付言しておきます。そして、このような要素を含むことにより三者にとって、大衆の中にあった個が、集団に埋没し得ない個人主義を基調とする民主主義を唱導することが可能だといえます。漱石の個人主義の西欧近代的要素と東洋的要素に関する詳細な研究、ならびにエマソン、ホイットマン思想における東洋的要素に関する詳細な研究は、今後の課題として他稿に譲ることにします。

　※本章は山本孝司氏との共同執筆です。

33）夏目漱石『私の個人主義』『漱石文明論集』岩波文庫 1986 年

第三章　漱石の集大成『私の個人主義』について

Ⅰ. 問題設定

　明治時代の文豪、夏目漱石が数々の作品を残している中で、「個人主義」を実践するためにどうすればよいのかについても述べています。漱石の『私の個人主義』という講演作品を精読する限り、英国で「個人主義」という概念を見つけた漱石はしばらく模索した結果、個人主義を超える生き方を発見したのではないでしょうか。

　この『私の個人主義』は1世紀以上も昔の前のものですが、その思想は今日なお、示唆を与えるところが多く、日本の将来を探索する指針を含んでいると言っても過言ではありません。漱石の作品は繰り返し出版されていますが、その要ともいうべき講演集は日本国民の思考の基盤となるとの評価もあり、漱石の思想に共鳴する人は今でも多く存在するものと推測されます。本章ではそうしたことを勘案し、現代人はそこに示されている漱石の思想をどのように生かしていくべきかを論じることにします。

　『私の個人主義』は一見すると、人間の生き方についての漱石の思想を語っているだけで、福祉思想とは全く関係がないように見えます。しかし、深く掘り下げていくと、そこに人間の本来あるべき姿が描き出され、その内容は人間関係、すなわち福祉において対人援助を行う際に必要とされる重要な思想が根底にあることが窺えます。

　社会福祉においては、日本国憲法第25条に「すべて国民は、健康で文化的な最低限度の生活を営む権利を有する。国は、すべての生活部面について、社会福祉、社会保障及び公衆衛生の向上及び増進に努めなければならない。」とある様に、国民の生存権の保障、そして国の保障義務が、社会福祉の根幹及び目指すべきところとなっていま

す。「社会福祉の理念として最も重要視されているのは、ノーマライゼーションの思想である。…（中略）…社会の一員として平等に権利と義務を果たしていけるようにしていこうとする原理である。」[1]「権利と義務」、「いわゆる権利を主張すると同時に義務を果たすという思想が重要」であり、対人援助の際、個人尊重・自己決定という原則が守られなければなりませんが、漱石の「個人主義」にはそのような社会福祉の基本となる思想が見られるのです。

　こうしたことを指摘するのも、社会福祉において漱石の「私の個人主義」の思想を活かし、より良い人と人とのつながりができるのではないかと考えたからです。さらに、福祉だけではなく、一般人の基本的なコミュニケーションの取り方にも役に立つのではないかとも考えました。本章は「私の個人主義」を通し、漱石の文学思想と福祉思想が深く関連していることを実証するとともに、彼の主張が今日生きている人間に示唆を与える思想であることの再確認を目的とするものです。

　社会福祉において、個人の尊重は対人援助を行う際に最も重要なものです。漱石の提唱した「個人主義」に個人の尊重が含まれていることから、日本で社会福祉が発達することを漱石が既に示していたとも言えます。

　問題が混乱に陥らない為に、まず「個人主義」とは何かを確認しておきます。「個人主義」とは「個人の自由と人格的尊厳を立脚点とし、社会や集団も個人の集合と考え、それらの利益に優先させて個人の意義を認める態度」をいい、「ルネサンス及び宗教改革期における個人的・人格的価値の発見により自覚され、社会の近代化の進行に伴って

---

1) 岡村順一編『社会福祉原論』法律文化社 1994年 P44

普及するに至った」とあり、「俗に利己主義と同一視されるが基本的に別です」とされています[2]。

　以上が「個人主義」の今日における定義ですが、漱石の「個人主義」はいったいどの時代において提案されるものなのでしょうか。言うまでもなく明治時代です。

　『私の個人主義』が発表されたのは1914年（大正3年）ですが、彼自身は明治に改元される1年前に生まれ、明治とともに生きていました。この作品の内容は、明治時代の出来事について記述したものです。

　日本の開国による西洋文化の到来は、日清戦争と日露戦争があった時代背景もあり、天皇の絶対化に見られるような前近代的な思想も強く維持され、「自由」「権利」などという近代思想の普及には熱心ではなかった時代でした。また漱石の「個人主義」の時代背景には、西洋化＝近代化への動きと、それに反する保守主義との両方のぶつかり合いがありました。

II. 先行研究及び考察視点

　夏目漱石における「個人主義に関する研究」は、亀山佳明の漱石思想における個人主義から超個人主義への発展過程の論考が代表として挙げられます[3]。

　三好行雄編『漱石文明論集』（岩波文庫）、瀬沼茂樹解説『私の個人主義』（講談社学術文庫）。磯田光一氏の解説『漱石文芸論集』（岩波文庫）もあります。漱石の研究は、文化史・文明史的な傾向が一般的です。社会福祉思想に関しては、岡村重夫の『社会福祉原論』、秋山

---

2) 『広辞苑』岩波書店
3) 亀山佳明『夏目漱石と個人主義－〈自律〉の個人主義から〈他律〉の個人主義へ』新曜社2008年

智久、高田真治の『社会福祉の思想と人間観』があります。

　池田敬正『日本における社会福祉のあゆみ』[4] では社会福祉の歴史をまとめています。

　本章は、漱石が『私の個人主義』で提唱した1「自己の個性の発展を遂げようと思うならば、同時に他人の個性も尊重しなければならない」、2「自己の所有している権利を行使しようと思うならば、それに付随している義務というものを心得なければならない」の2点に対して、これまでの先行研究に見ない、狭義の社会福祉思想、及び日本国憲法との関連性を考察していくことにします。

III. 漱石の個人主義
1. 『私の個人主義』について

　以上のことを踏まえて、漱石の「個人主義」がどういうものであったかを見ていきます。

　漱石は『私の個人主義』において、「自己の個性の発展を仕遂げ様と思うならば、同時に他人の個性も尊重しなければならないと言う事」が個人主義の第一の条件と書いています。更に進んで、「個人主義」を実現するには「いやしくも倫理的に、ある程度の修行を積まなければならない」と述べています。すなわち、漱石のいう個人主義のルールとは、自分の幸福追求を前提として "他人の個人主義（自由）も尊重すること"。"倫理的な価値観を持ち、それによって自分を律すること" が出来なければならない、ということです。これらの条件を満たさなければ、個人主義を実践する資格は無いと主張しています。

　真の個人主義が相手を自分と同じ「人」として尊重するのに対し、

---

4) 池田敬正『日本における社会福祉の歩み』法律文化社 1994 年

利己主義は自分を特別な存在として「彼も人なり」を忘れ、人の迷惑を顧みることはありません。

　「個人主義」の定義を、漱石ははっきり述べているのです。

２．『私の個人主義』の背景

　ここで漱石について少し述べておくと、彼は 1867 年（慶応 3 年）に生まれ、1916 年（大正 5 年）に没した作家です。本名は金之助。江戸牛込の生まれ。日本の小説家、評論家、英文学者。東京大学英文科を卒業後、松山で愛媛県尋常中学講師、熊本で五高教授などを務めた後、1900 年、文部省留学生として渡英、約 2 年間の留学生活を終えて、1903 年に帰国後、東京大学で「文学論」「十八世紀英文学」を講じたことが知られています。その後まもなく、朝日新聞社に入り、以後多くの名作を残しています。代表作に『吾輩は猫である』『こころ』『明暗』などがあります。

　では、そうした中で『私の個人主義』はどういう位置にあるかといえば、これは漱石が 1915 年（大正 3 年）に、学習院大学で行った講演を筆記したもので、48 歳の時のものです。つまり、没する前の年のものであり、英国留学から帰ってすでに約 11 年が経っています。

　漱石の「私の個人主義」の概念が形成されるのに長い時間を要しました。彼が英国の留学をきっかけに、文学は一体どういうものかについて追究するようになり、そして答えを見つけて、日本に戻ってきました。更に 13 年の歳月が過ぎ、彼の中で「私の個人主義」という概念は完成していました。

　日本の明治時代は西洋文明が日本に入り、個人主義が萌生した時期でもあり、漱石が、明治時代の日本が西洋に追いつくため、進歩を遂げようとしている様子をかなり批判的に見ていたことは、『吾輩は猫である』などの作品からわかりますが、日本の成長が西洋の模倣でし

かないことを、留学から帰ってきたとき特に痛感したようです。この留学経験が彼の思想の根底をなしています。もちろん、漱石自身は英国を好んでいなかったことが知られていますが、それでも英国で西洋的自由と個人主義を知り、それを身に付けて帰国したことも確かでしょう。だからこそ、彼は「西洋人がこれは良い詩だと言っても、自分が心からそう思わなければ、受け売りすべきではない。我々日本人は、英国の奴隷ではない。一個の独立した日本人である限り、自分のしっかりした見識を持つべきだ」と言うのです[5]。彼は西洋人の近代的個人主義を身に付け、無批判な西洋化の風潮を拒絶する一方、封建主義の残った日本の「世間」に一石を投じようとしたのです。そういうわけで、『私の個人主義』という講演では、学生を相手に、いかにして自分が「自己本位」なる個人主義を獲得するに到ったかを述べているのです[6]。彼は、他人尊重がなければ個人主義など成り立たないことを主張しています。

Ⅳ. 社会福祉の思想
1. 日本の社会福祉歴史について

　日本の社会福祉の歴史について、池田敬正は『日本における社会福祉のあゆみ』で、次のように述べています。「日本における救済制度を歴史的に考えるとき、儒教思想に基づく慈恵的な救済政治の役割が大きい。儒教による徳治主義あるいは仁政の問題である。『敬天愛民』という理念がその中心の考え方であった。この考え方は、明治維新に

---

5) 夫伯「夏目漱石」『吾輩は猫である』主題論『日本文学報　第9集』韓国　日本文化学会 2000 年
6) 高継芬，山本孝司『漱石「個人主義」思想の自峙論的要素 - アメリカの超越主義からの影響を探る』九州看護福祉大学紀要 Vol.13 No.1 P47

夏目漱石　東洋と西洋の狭間で　67

よって形成される近代の天皇制国家の救済行政にも大きな影響を与えている。」[7]「八世紀初頭に成立した『日本書記』にみられる仁徳天皇（五世紀の倭王讚と比定）の詔詞は、儒教の古典である『論語顔淵篇』による造作とされているが、古代専制国家における天皇の道徳に基づく政治、いいかえれば、"仁政"を強調した徳政思想を示すものであって、古代日本の慈恵策を出発させるものであった。」[8]

　ここで日本の社会福祉思想を見ると、儒教の救済論と言えるでしょう。また仏教の慈悲と福祉については「仏教の思想の本格的な形成をもたらした聖徳太子」を挙げられています。

　また聖徳太子の憲法第十七条に「十にいう。心の中の憤りをなくし、憤りを表情にださぬようにし、ほかの人が自分とことなったことをしても怒ってはならない。人それぞれに考えがあり、それぞれに自分がこれだと思うことがある。相手がこれこそといっても自分はよくないと思うし、自分がこれこそと思っても相手はよくないとする。自分はかならず聖人で、相手がかならず愚かだというわけではない。皆ともに凡人なのだ。そもそもこれがよいとかよくないとか、だれがさだめうるのだろう。おたがいだれも賢くもあり愚かでもある。それは耳輪には端がないようなものだ。こういうわけで、相手がいきどおっていたら、むしろ自分に間違いがあるのではないかとおそれなさい。自分ではこれだと思っても、みんなの意見にしたがって行動しなさい。」[9]という記述があります。個人尊重という傾向がみられますが、はっきりそのように断言できるものはみられません。

　近代社会では明治天皇の慈恵により「恤救規則（じゅっきゅうきそく）」が成立しました。

---

7) 池田敬正『日本における社会福祉の歩み』法律文化社 1996 年 P20
8) 池田敬正『日本における社会福祉の歩み』法律文化社 1996 年 P22
9) 十七条の憲法　www.geocities.jp/tetchan_99_99/international/17_kenpou.htm

2. 社会福祉の基本思想について

　現代社会に入り、社会改良と社会問題の普遍化を経て、社会事業思想が形成されました。更に社会福祉の理念の形成で「1947 年（昭和22 年）の全国社会事業大会が、新しい社会事業の目的を『国民の一人ひとりが"人たるに値する"文化生活を営見える事』（厚生への答申）としていることは重要である。ここで個人の尊厳は提起されている。」[10] とします。

　社会福祉は広義の社会福祉と狭義の社会福祉がありますが、ここでいう社会福祉を、日常生活と自立支援を目的とした対人サービス（狭義の社会福祉）[11] とします。

　ソーシャルワークの視点の一番は、あらゆる人間を「すべてかけがえのない存在」として尊重するという立場です。（「日本ソーシャルワーカー協会の倫理綱領」より）。二番目は、人間は人格を持った社会的存在として全人的に捉えるという視点です。三番目は、社会福祉の利用者（クライエント）の主体性を尊重し、最大限の自己決定を尊重するという視点です。四番目として、社会福祉のクライエントとソーシャルワーカーと、社会の変革を通して、社会福祉クライエントの問題解決を援助する視点です[12]。これらの中には種々の価値が入っていますが、クライエントをかけがえのない存在として尊重するのを基本にすることは、漱石が提唱した個人主義と重なることが窺えます。

　なお、ここでは四番目の環境と関連する視点は論じないことにしました。

　また、社会福祉においては対人援助が重要ですが、これについて、

---

10) 池田敬正『日本における社会福祉の歩み』法律文化社 1996 年 P181
11) 岡村順一編『社会福祉原論』法律文化社 1994 年 P15
12) 秋山智久、高田真治編著『社会福祉の思想と人間観』ミネルヴァ書房 1999 年 P24

アメリカの社会福祉学者であるF・P・バイステックは、クライエントの欲求をもとに、クライエントとケースワーカーの両方を視野に入れながら援助関係を構築するための七つの原則を明らかにしました。その一つが「クライエントの自己決定を促し尊重する」という原則です。クライエントには自己決定を行う潜在能力があり、それを活用する権利を最大限に尊重するべきだとしています。

　尾崎新は『ケースワークの原則』の中で、「慈善事業は数世紀にわたって、個人が別の個人にサービスを提供するというかたちで活動を進めてきた。」「クライエントを個人として捉えることは、一人ひとりのクライエントがそれぞれに異なる独特な性質を持っていると認め、それを理解することである。また、クライエント一人ひとりがより良く適応できるよう援助する際に援助の原則と方法とを区別して適切に使いわけることである。このような考え方は、人は一人の個人として認められるべきであり、クライエントは「不特定多数のなかの一人」としてではなく、独自性をもった「特定の一人の人間」として対応されるべきだという人間の権利にもとづいた援助原則である。」と述べています。

　この原則の基本ともいえるクライエントの尊重は、まさしく、漱石の『私の個人主義』の中にある文学思想に一致しています。

　バイステックは個別援助による倫理的な実践原則として、次の七つのことを挙げています。七点の原則はケースワーカーの行動原理といってよいと思います。これらの原則はいずれも援助に関する基本的な事実に基づき、ケースワーカーの援助行動に何らかの影響や指針を与え、ケースワーカーの行動を導くものです。このように整理してみると、七つの原則は、いずれも援助関係を構成する性質であり、要素であると考えることができます。つまり七つの原則は、あらゆる人間関係を良好なものにするという意味では性質であり、援助関係を構成

しているものという意味では要素です。七つの原則は、①個別化、②意図的な感情表現、③統制された情緒関与、④受容、⑤非審判的態度、⑥自己決定、⑦秘密保持 [13] [14] です。以下、漱石の『私の個人主義』に関連の深い①③④⑤⑥について説明します。

　まず、①クライエントを個人として捉える「個別化の原則」です。クライエントを個人として捉えることは、一人ひとりのクライエントがそれぞれに異なる独特な性質をもっていると認め、それを理解することです。また、クライエント一人ひとりがより良く適応できるよう援助する際に、それぞれのクライエントに合った援助の原則と方法を適切に使いわけることです。これは、人は一人の個人として認められるべきであり、単に「一人の人間」としてだけではなく、独自性をもつ「特定の一人の人間」としても対応されるべきだという人間の権利にもとづいた援助原則です。

　③「統制された情緒関与の原則」とは、ケースワーカーが自分の感情を自覚して吟味します。これは、まずクライエントの感情に対する感受性をもち、クライエントの感情を理解することです。そしてケースワーカーが援助という目的を意識しながら、クライエントの感情に、適切なかたちで反応することです。

　④「受容の原則」とは、援助における一つの原則です。クライエントを受けとめるという態度ないし行動は、ケースワーカーが、クライ

13）F.P. バイステック（尾崎新ほか訳）『ケースワークの原則』誠信書房 2000年 P36
14）F.P. バイステック（尾崎新ほか訳）『ケースワークの原則』誠信書房 2000年 P77, P113, P141, P164

エントの人間としての尊厳を尊重しながら、当事者の健康さと弱さ、また好感をもてる態度ともてない態度、肯定的感情と否定的感情、あるいは建設的な態度および行動と破壊的な行動などを含め、クライエントを現在のありのままの姿で感知し、クライエントの全体に係ることです。

　⑤「非審判的態度の原則」は最も重要で、クライエントを一方的に非難しない態度は、ケースワークにおける援助関係を形成する上で必要な態度の一つです。この態度は以下のいくつかの確信に基づいています。すなわち、ケースワーカーは、クライエントに罪があるのかないのか、あるいはクライエントが抱えている問題やニーズに対してクライエントにどのくらい責任があるかなどを判断すべきではありません。しかし、われわれはクライエントの態度や行動を、あるいは当事者が持っている判断基準を、多面的に評価する必要はあります。また、クライエントを一方的に非難しない態度には、ケースワーカーが内面で考えたり、感じたりしていることが反映され、それらはクライエントに自然に伝わるものです。

　⑥「自己決定の原則」とは、クライエントの自己決定を促して尊重するという原則で、ケースワーカーが、クライエント自らが選択し決定する自由と権利、そしてニーズを具体的に認識することです。また、ケースワーカーはこの権利を尊重し、そのニーズを認めるために、クライエントが利用することのできる適切な資源を、地域社会や当事者自身の中に発見し、活用するよう援助する責務を持っています。さらに、ケースワーカーはクライエントが自身の潜在的な自己決定能力を自ら活性化するように刺激し、援助する責務ももっています。しかし、自己決定というクライエントの権利はクライエントの積極的、かつ建

設的決定を行う能力の程度によって、また、市民法、道徳法によって、さらに社会福祉機関の機能によって、制限を加えられることがあります。

　そこで、これらの中の「個別化の原則」「自己決定の原則」が、漱石の個人主義に大いに関連性があることを確認したいと思います。それらを漱石自身の言葉にすると、以下のようになるでしょう。

　1　「自己の個性の発展を遂げようと思うならば、同時に他人の個性
　　　も尊重しなければならない。」

　2　「自己の所有している権利を行使しようと思うならば、それに付
　　　随している義務というものを心得なければならない。」[15]

　こうした漱石の言葉は組織に所属する者にはなかなか判りにくいかもしれませんが、漱石が提示する「個人主義」は、決して自分勝手に何をしてもよいというものではなく、常に自己責任と義務を伴い、また同時に他人の個性をも尊重しなければならないものでもあります。

　ここでは、自分が生きる道は、他人に従い、他人の価値観に引きずられて生きるのではなく、自分で見出すものだ、と個人主義の出発点を説いていることに注目したいと思います。その出発点に立ったら、あとは自分の仕事に邁進することが大事であり、そうしなければ一生の不幸であると述べています。こうした思想は社会福祉においても重視されている個人の尊重ですが、その意味で、社会福祉思想が日本で普及するのに先んじて、既に漱石の作品の中でその思想を見出すことが出来るのです。

15）夏目漱石『私の個人主義』『ちくま文庫 漱石全集』筑摩書房 2000 年 P636

Ⅴ．漱石の思想を社会福祉思想の観点から見る

　先に引用した漱石の言葉のうち、1「自己の個性の発展を遂げよう
と思うならば、同時に他人の個性も尊重しなければならない」につい
て、『私の個人主義』から具体例を引用して、社会福祉思想の観点か
ら分析してみましょう。

　「私の知っているある兄弟で、弟の方は家に引込んで書物などを讀
む事が好きなのに引き易へて、兄は又釣道樂に憂身をやつして居るの
があります。すると此兄が自分の弟の引込思案でただ家にばかり引
籠っているのを非常に忌まわしいもののように考へるのです。必竟は
釣をしないからああいう風に厭世的になるのだと合點して、無暗に弟
を釣に引張り出そうとするのです。弟は又それが不愉快で堪らないの
だけれども、兄が高壓圧的に釣竿を擔がしたり、魚籃を提げさせたり
して、釣堀へ隨行を命ずるものだから、まあ目を瞑って食っ付いて行っ
て、氣味の悪い鮒などを釣っていやいや帰ってくるのです。それが爲
に兄の計畫通り弟の性質が直つたかといふと、決してそうではない、
益　此釣といふものに対して反抗心を起してくるようになります。つ
まり釣と兄の性質とはぴたりと合って其間に何の隙間もないのでしょ
うが、それは所謂兄の個性で、弟とは丸で交渉がないのです。是は固
より金力の例ではありません、權力の他を威圧する説明になるのです。兄の個性が弟を壓迫して、無理に魚を釣らせるのですから。」[16]

　この文章では、弟は人と付き合うことが苦手で、家にいて一人で何
かをすることが好きなので、兄がそれを見兼ねて、釣りでも連れて行
けば、きっと楽になると思い込んで無理やり誘います。逆に弟にとっ
て釣りに行く時ほど苦痛を感じることがないという話で、いくら弟の

16）夏目漱石『私の個人主義』『ちくま文庫 漱石全集』筑摩書房 2000 年 P631

ためとは言え、兄の計画がうまくいくはずがないことが示されています。これを社会福祉対人援助の場面におけるバイステックの原則から分析してみると、以下のようになるでしょう。

　まず、この文章には社会福祉の対人援助において、「個別化の原則」、「受容の原則」、「自己決定の原則」の三つの原則が含まれています。そして、「個別化の原則」の基本には人間尊重という原則が働いていることから、漱石には人間尊重の精神が根づいていることもわかります。他方、そこには対人援助で重要な「自己決定」の原則も含まれています。というのも、漱石は、「兄は弟が家に引っ込んで書物を読むことが好きだという事」を意思尊重していないことを指摘しているからです。相手の意思を尊重しないまま支援をしようとしてもうまくいくはずがないことは、福祉の対人援助における常識です。

　また、「受容の原則」ですが、前述したように、クライエントの長所と短所、好感の持てる態度と持てない態度、肯定的感情と否定的感情、建設的な態度と行動、及び破滅的な態度と行動などを含んで、道徳的な批判などを加えずに、あるがままのクライエントをそのまま受け入れるということです。漱石の言う「弟」をクライエントとし、「兄」をソーシャルワーカーとした場合、社会福祉の対人援助をする際にまずクライエントのことを尊重したうえで、クライエントが本当にしたいことが出来るようにその環境を整えることが一番大事だと、漱石は考えているのです。「自己決定の原則」とは、あるものを選択したり決定したりする主人公はクライエント本人であって、援助者ではないとするものです。

　「弟」を尊重することで、初めて家で本を読むことが引きこもりではなく、本人のやりたいことなのだと理解できます。すなわち、相手のことを考えずに勝手に無理やり釣りに連れて行く必要などなく、家で好きなだけ本を読ませてあげることが、「兄」が「弟」に対しての

思いやりを実践することになるのです。社会福祉法の前身となる社会福祉事業法が制定・施行されたのは、1951年（昭和26年）なので、社会福祉の概念がなかった明治時代に、漱石の作品に既に社会福祉の援助技術の真髄が提起されていたということは、ある意味で驚きです。真の福祉精神を漱石の思想の根底に見出すことができる、と言っても過言ではありません。

　社会福祉の対人援助においては、クライエントが望んだ幸せと援助者が考えた幸せとは必ずしも一致していない、というより人間は本来それぞれ考え方が違うので、むしろ一致しない場面のほうが多いと考えられます。そこで、クライエントの意思を尊重することにより、初めて望まれた援助を実現することができるのです。

　次の漱石の文章も、社会福祉の観点から見た場合、重要な意味があります。

　「自分がそれだけの個性を尊重し得るように、社会から許されるならば、他人に対してのその個性を認めて、彼らの傾向を尊重するのが理の当然になって来るのでしょう。それが必要でかつ正しいこととしか私には見えません」[17]。

　ここでも漱石は、まるで社会福祉の対人援助の原則について、先見の目があるように思えます。他人の個性を尊重することが個人主義の真髄だと訴え続ける漱石が、はっきり見えてくるからです。

　社会福祉思想においての「個人の尊重」とは、一人ひとりの人間を自立した人格的存在として尊重するということであり、一人ひとりがそれぞれに固有の価値を持っているという認識を前提に、それぞれの人が持っている価値を等しく尊重しようというものです。平たくいえ

---

17) 夏目漱石『私の個人主義』『ちくま文庫 漱石全集』筑摩書房 2000年 P633

ば、一人ひとりの人間を大事にする、ということです。それは、一人ひとりが「違う」存在だということを認め合い、その「違い」をそれぞれに尊重するということでもあります。日本ではしばしば「平等」ということを「みな同じ」という意味合いで語ることが多いですが、「平等」とは本来、「人はみな同じだから平等でなければならない」のではなく、「人はみなそれぞれに違うからこそ平等でなければならない」というものとして捉えられるべきものです。つまり、一人ひとりの人間は、みな、それぞれに違うのであり、一人ひとりが他者とは違った価値を持っていますから、それぞれの人が持っているそれぞれに異なった価値を等しく尊重しよう、というのが「個人の尊重」原理の上に立った「平等」の考え方なのです。

　ところで、「個人の尊重」は「個人主義」の社会を前提としています。「個人主義」は、これも日本では誤解されやすいのですが、「利己主義」ではありません。「個人主義」の社会とは、「自立した個人」を構成単位とする社会を意味し、そこでは、当然、他者もまた「自立した個人」として存在することが自明の前提となっていますから、自分のことだけで他人のことは考えない「利己主義」は通用しません。西欧においては、封建社会が崩壊していく過程で、自然発生的に「自立した個人」が生まれ、そういう「個人」が主体となって近代社会を形成してきたという歴史がありますが、日本の場合には、「個人」が成熟することなく、「上からの近代化」が推し進められ、「個人主義」の社会になりきらないままに、今日に至っています。したがって、「個人主義」社会を前提とする「個人の尊重」原理も、なかなか理解されにくい面があることは否定できません。しかし、人権、平和、国民主権という価値を基本とする以上は、日本人にとってその共通の根っこともいうべき「個人の尊重」原理の理解を深めることは必要不可欠だといえましょう。次代を担う中学生、高校生に「個人の尊重」ということの意味を

正しく伝えることが、憲法教育の重要な意義だと考えます。

VI. 考察と分析

　日本で「社会福祉事業法」が制定・施行されたのは1951年のことです。

　「社会福祉事業法」が2000年に「社会福祉法」に改正されたことで、行政が行政処分によりサービス内容を決定する措置制度から、クライエントが事業者と対等な関係に基づいてサービスを選択する利用制度に移行しました[18]。

　措置制度から契約制度に改正されたことで、福祉サービスクライエントと呼称され、主体性がより強調されるようになりました。「クライエントの意向に十分尊重し」[19]や「クライエントの立場にたって」[20]とあるように、社会福祉法の中には、夏目漱石の『私の個人主義』にある個人尊重の思想が脈打っています。

　福祉サービスの基本理念として、「福祉サービスは個人の尊厳を保持し、その内容は、福祉サービスのクライエントが心身ともに健やかに育成され、又はその有する能力に応じ自立した日常生活を営むことができるように支援するものとして、良質かつ適切なものでなければならない。」[21]

　また岡村重夫は、社会福祉援助の原理の一つとして主体性の原理を挙げています[22]。

　生活主体者はただ受動的にサービスを受けるのではなく、クライエ

18）厚労省社会福祉の増進のための社会福祉事業法の一部改正する等の法律案の概要
19）『社会福祉法』第5条　2000年
20）『社会福祉法』第80条　2000年
21）『社会福祉法』第3条　2000年

78　/　第三章　漱石の集大成『私の個人主義』について

ントに自己決定によるサービスを選択させることが、クライエント主体原理につながるのです。これは生活主体者の権利主張の根拠となるだけではなく、同時に生活主体者が社会人としての責任主体であることを示すものです[23]。

　「支える」ということが実は「支えられる」ことだということは、なかなか気がつきにくいことなのかもしれません。しかし、それが互助の精神であり、人権の尊重になるのです。互助、人権の尊重こそが社会保障制度の仕組みの基礎である「福祉は公共事業より雇用を生む」[24]とされます。福祉の個別化・受容・自己決定などの原則の背景には、人間尊重の原理が働いているのです。福祉の心、社会福祉の価値観は、他者に対する価値観です。

　クライエントの主体性については、メアリー・E・リッチモンドが「ケースワーカーは哲学を持たなければならない」として明確にした基本原理の一つに、「人間は依存的な動物ではなく、それぞれ自分自身の意志と役割をもっている。ゆえに、人間が受動的であることは墜落を意味する」というのがあります[25]。これは人間の能動性、自律的選択による主体選択の重要性を意味しているのだと思われます。

　そして、リッチモンドはソーシャル・ケース・ワークの定義を「ソーシャル・ケース・ワークは人間と社会環境との間を個別に、意識的に調整することを通してパーソナリティを発達させる諸過程から成り立っている。」[26]としています。

---

22) 岡村重夫『社会福祉原論』全国社会福祉協議会 1983 年 P100
23) 岡村重夫『社会福祉原論』全国社会福祉協議会 1983 年 P100
24) 岩田正美『社会福祉の原理と思想』有斐閣 2003 年 P116
25) 秋山智久、高田真治編著『社会福祉の思想と人間観』ミネルヴァ書房 1999 年 P12
26) メアリー.E.リッチモンド（小松源助訳）『ソーシャル・ケース・ワークとは何か』中央法規 1997 年 P57

なお、ここでリッチモンドは「パーソナリティは、個性と違って、はるかに包括的な用語である。ある人にとって生来的個別的であるものすべてだけでなく、教育、経験、人間的交際を通じて身についているものすべてを意味している。」[27]と述べています。

　リッチモンドのソーシャル・ケース・ワークは、支援において、クライエントの主体性を尊重する時には、主体性、いわゆるクライエントのパーソナリティについて、その意味を十分理解する必要があると主張しています。

　バイステックは、クライエントの自己決定の重要性を説き、「人は自己決定を行う、生まれながらの能力をもっており、それゆえ、ケースワーカーがクライエントの自由を意識的に、故意に侵害することは、クライエントの自然の権利を犯し、ケースワークの処置を損ない、不可能にする」としています。自己決定は人間尊重を具体化したものであり、その根底には自由主義、民主主義の思想があり、ソーシャルワークにおいてもっとも高い価値とみなされているのはいうまでもありません[28]。クライエントの主体性を尊重するという原理は、ソーシャルワークの生成発展の中で、中核的価値とみなされてきたのです。

　ここでも漱石の『私の個人主義』と重なりますが、「個人主義」は、「利己主義」ではありません。「個人主義」の社会とは「自立した個人」を構成単位とする社会のことで、そこでは当然、他者もまた「自立した個人」として存在することが自明の前提となっていますから、自分のことだけで他人のことは考えない「利己主義」は通用しません。憲法教育においても、先覚者である夏目漱石の「個人主義」はきわめて

27）メアリー.E.リッチモンド（小松源助訳）『ソーシャル・ケース・ワークとは何か』中央法規
　　1997年 P55
28）秋山智久，高田真治編著『社会福祉の思想と人間観』 ミネルヴァ書房 1999年 P137

重要なのです。

　というのも、漱石の『私の個人主義』で提唱されている項目は、社会福祉思想にも現行憲法にも反映されているものだからです。

　社会福祉においても、「日本の社会福祉思想と価値には日本の社会、文化、宗教と結びついた歴史的原型があるが、戦後社会の基本となるものとして、いうまでもなく日本国憲法、福祉３法がある。」[29]

　日本国憲法における徹底的な人権主義に基づく格調高い福祉主義思想は第３章「国民の権利と義務」、とりわけ、憲法第十三条に「すべて国民は、個人として尊重される。生命、自由及び幸福追求に対する国民の権利については、公共の福祉に反しない限り、立法その他の国政の上で、最大の尊重を必要とする」とあります[30]。

　人権は、近代市民革命を経て、特定の身分を持った人の特権から、一人ひとりの個人の人権へと発展してきました。個人に着目することこそが、近代憲法の本質なのです。あくまでも個人のために国家は存在するのであって、けっして国家のために個人があるのではありません。誰もがかけがえのない命を持った具体的な個人として尊重されます。お互いの違いを尊重し合い、人種、信条、性別などを越えて、多様性を認め合う社会を憲法はめざしています。

　漱石の国家主義に関する見解は「国家の平穏な時には、徳義心の高い個人主義にやはり重きをおく方が、私にどうしても当然のように思われます。」とあります[31]。ここでは、国家主義に対して反発し、国家的道徳よりも個人的道徳のほうに優位性を認める漱石でしたが、こうした信念の背景には、国が優れたものになるためには個人が優れた

29）秋山智久、高田真治編著『社会福祉の思想と人間観』ミネルヴァ書房 1999 年 P138
30）2008.7.27 朝日新聞
31）夏目漱石「私の個人主義」『漱石文明論集』岩波文庫 1986 年

ものにならなければならないということが含意されていました。

　漱石は『私の個人主義』の中で、国家主義と個人主義の関係について「事実私共は国家主義でもあり、世界主義でもあり、同時にまた個人主義でもあるのであります。」[32]と述べています。ここでは、漱石は国家主義も大事だが、それよりも個人主義のほうが大事だということを述べています。個人主義が優れた方が国の発展にもつながります。

　人々すべてが生まれながらに有する権利も、生まれてすぐに自らの権利を主張し、行使できるわけではありません。両親や家族等、周囲の人々によって保護され、他律的に生活行動が導かれる時期を経ることによって、やがて自律的な行動へと変化し、権利の主体としての人格が形成されるのです。しかし、権利の主体としての人間的成長が順調に行かない場合も起こり得るし、幼弱、老齢、病弱や障がい、その他の事情により自らの意思や力で自らの権利を主張し、行使し、確保することが困難な場合もあり得ます。そのために人々は支え合い、協力し合い、次世代に希望を託し、理想を追求し、より良い生活環境を整備するために努力するのです。つまり、権利の確保には、そのための努力と果たすべき責任を負う義務があるということです。

　人はみな権利の主体であると同時に、義務の主体でもあります。支えられる権利を有する一方で、支える義務を有する人々で構成されているのが「社会」なのです。そういう社会こそ、「共に生きる」、「共に学ぶ」ことの可能な社会なのだと思います。

32）夏目漱石「私の個人主義」『漱石文明論集』岩波文庫 1986 年

VII. 結びにかえて

　漱石の『私の個人主義』が発表されたのは 1915 年です。そして、現行の日本国憲法が制定されたのは 1948 年（昭和 23 年）のことですから、社会福祉法や日本国憲法の中で、個人尊重、権利と義務、責任について主張された思想は、夏目漱石の『私の個人主義』に見出すことができます。彼の思想は今の時代にも必要とされ、かつまた生き続けているものなのです。

　漱石の『私の個人主義』にある思想に見出される福祉思想の可能性を論じてきました。今の日本は超高齢化が進んでおり、身体面、精神面に障がいをもっている方の支援が求められ、対人援助の向上を余儀なくされているとともに、これから更なる福祉を担う人材が必要となっています。社会福祉の対人援助の分野では、漱石の『私の個人主義』に見られる「個人尊重」を最大限に活用すれば、より良い対人援助ができると同時に、一般的に人と人とのコミュニケーションもうまく取れるようになり、ノーマライゼーションが進んで、誰もが住みやすい社会も実現に近づいていくのではないかと思われます。

　社会福祉に携わっている方は、漱石の『私の個人主義』が含んでいる社会福祉の対人援助の基本思想ともいえる社会福祉思想を理解することが、大いに参考になるものと考えます。

　これからは私たちが、普段の生活場面においても、漱石の『私の個人主義』から得られる示唆を生かすべきです。

第四章　漱石作品が漢文学から受けた影響

Ⅰ．はじめに

1．問題設定

　夏目漱石（1867-1916）は、明治の文豪という地位を獲得しました。彼の作品、及び彼の存在は、急速に近代化が進む明治の時代において、人々の考え方に大きな影響を与えました。

　漱石は幼少期頃から正統的な東洋教育を受けて、漢文学に精通していました。1890年（明治23年）9月に東京帝国大学（現・東京大学）で英文科に入学し、大学ではネイティブの先生から講義を受けたこともあって英文学にも通じており、さらに33歳のころ、文部省から英語教育法研究のために英国留学を命じられて英国に留学した経験を持ち、近代的な西洋の影響を受けたことから、漱石は東洋と西洋の両方の影響を同様に受けた作家だといえます。

　本章では、漢文学の素養が夏目漱石の文学創作においてどのような役割を果たしていたのか、どのような影響を与えていたのかについて、漱石の作品と漱石の文学思想の両面から考察することとします。

　彼の文学作品においては、他に例をみないほど東洋思想と西洋思想が融和しています。東洋思想は、彼が幼少期から漢文、漢詩を熟読したことによる影響であり、西洋思想は東京帝国大学で英語を専攻したことに加え、彼自身が英国に留学したことによるところが大きいと考えられます。

　漢文学の真髄は、政治、倫理道徳観念を最も重視するところにあります。庶民の苦楽、戦争の悪影響、国家の興亡、倫理道徳は、いつの時代においても重要な課題です。本章では、漱石の作品から漢文学への憧れや漢文学の素養など漢文学に関連するものの分析を行ったうえ

で、漱石は西洋思想の影響よりも漢文学（儒教思想）から受けた影響が大きいことと、彼の作品及び思想の原点は漢文学であることについて考えたいと思います。

2．先行研究と考察視点

儒教思想については、黒住真は『近代日本社会と儒教』の中で次のように述べています。「近代儒教とりわけ日本のそれは何だったのかというと、当時の人々にとって儒教は学問であり、治世、処世の道、つまり、知の方法論であり倫理学、政治学、文化論であった。」[1]

また山下龍二は、『儒教と日本』の中で、「儒教は中国古代に自然に発生した宗教であり、中国文化の基本であり、本来生活に密着したものであった。日本のお天道さま信仰と共通している。イエスとか釈迦というような特定の個人を教祖としていないから、その目に見えない力ははるかに強く、今もなお日本文化の基調をなしている。」[2] と綴っています。

さらに宇野精一は、『儒教思想』の中で、「孔子の意義、ないし儒教の祖といわれる所以はどこにあるかというと、いわゆる先王の道を集大成し、倫理と政治との一致を主張し、仁をその根本思想をして取り上げた点にあるといえよう。」[3] と述べています。

このように、孔子を祖とする儒教思想は、中国の文化・思想の基本であり、その根本は倫理と政治であります。

古井由吉の『漱石の漢詩を読む』[4] や飯田利行の『海棠花』[5] では、

1）黒住真『近代日本社会と儒学』ペリカン社 2003 年
2）山下龍二『儒教と日本』研文社 2001 年 P8
3）宇野精一『儒教思想（学術文庫）』講談社 1984 年
4）古井由吉『漱石の漢詩を読む』岩波書店 2008 年
5）飯田利行『海棠花－子規漢詩と漱石』柏書房 1991 年

漱石の漢詩を詳細に解釈していますが、漱石と漢文学のつながりについては、古川久の論文「漱石と漢文学」があり、古川氏はこの論文で『木屑録』から『草枕』、そして『門』から『行人』の漱石の作品を分析した結果、漱石は漢詩を通して漢文学との結びつきがあったことを明らかにしました。

　また、海老田輝巳の論文「夏目漱石と儒教思想」では「漱石は中国文学、思想の中でも儒教思想、それも古典の世界の影響が大きかった。しかし近代の中国や中国人には侮蔑的であったと思われる。」[6] と記述してあるように、中国や中国人に対する漱石の態度を分析しています。

　本章では、古川氏及び海老田氏の論点を肯定し、その他の先行研究結果をも汲み取りながら、漱石の作品においてみられる漢文学から受けた影響について考察します。そして、漱石が幼少期からこよなく漢文学を愛し、漢文教育を受け、漢詩や漢文を熟読し、漢文学の教養が極めて高いことと、作品の内容から窺えた漢文学の影響について、また作品に含まれている儒教の思想倫理と政治面からの影響について検討します。結論を先に言えば、漢文学は漱石の創作の礎でした。

II．日本と漢文学
1．東アジアでの漢文学

　文化面を歴史の視点から見れば、東アジアにおいては、通用文字は漢字、公用文は漢文、倫理道徳は儒教、哲学は朱子学というような漢字文化圏が形成され、漢詩文は教養の必須条件として中国をはじめとする漢字文化圏内の諸国の知識人たちの学習対象でした。その結

6）海老田輝巳『夏目漱石と儒教思想』九州女子大学紀要　第 36 巻第 3 号 P108

果、漢詩文における価値観と美意識が、周辺の国々の知識人に多大な影響を及ぼすことになります。6世紀前半につくられた中国の詩文集『文選』[7]は、最も早く日本に紹介された漢詩文だと言われていますが、日本最古の和歌集である『万葉集』にも大きな影響を及ぼし、もちろん漱石も親しんでいたものです。

　また、日本で江戸時代以来、基本的な詩集として好まれていたのは『唐詩選』であり、漢文教養が知識人としての必須条件だという認識は、急速に西洋化が進められるようになった明治十年代の半ばまで根強く存在していました。

2．明治時代の特徴

　漱石が生きた明治時代は、日本の開国による西洋文化の到来、日清戦争と日露戦争、そして明治天皇の崩御がありました。

　教育面では1872年（明治5年）に、近代学校制度が導入されますが、明治時代における道徳教育の歴史をひも解くと、道徳教育を巡るこれまでの封建社会における考え方と、西洋文化での考え方の相克があり、近代学校における道徳教育の在り方については、1890年（明治23年）に教育勅語が出されるまで動揺し続けました[8]。

　まず明治初期の教育内容（特に高等教育）については、英米の教科書の直訳を使用したため、「学問は身を立てるの財本」とする英米流の功利主義に対し、日本伝統の美風を軽んじるという悪弊が生じ、心ある人々の間に道徳教育の在り方について教育の改善を求める動きが

7）中国の六朝の梁代に編まれた詩歌集。編者は梁の武帝の長子，昭明太子蕭統（しょうとう）。全30巻からなる。（世界大百科事典 第2版による解説）
8）『道徳教育原論』福村出版社 P99

沸き起こりました。換言すれば、儒教思想の道徳教育を主張する派と、開明派道徳教育観と保守派の道徳教育観の対立でした。

　太平洋戦争の戦前戦後を通し、新旧東西の思想は道徳教育の在り方を巡って対立し、時には大きな政治的問題となりました。人々の意識や一国の文化的伝統は、道徳教育に集約され反映されるものです[9]。

　教育勅語は儒教思想主義の道徳教育ですが、その教育勅語の成立を通して日本の伝統的な儒教思想と西洋文明が対立する中、漱石は日本に西洋文明を導入することを強く批判しました。これは彼が幼少期から受けた漢文学の背景にある儒教思想の影響ではないかと考えられます。

3．漱石が受けた漢文学教育

　明治時代に入ってからは、小学校、中学校、高等学校、大学などの近代学校が続々と建てられましたが、儒者による漢字塾の教育も依然として行われていました。

　明治2年には島田篁村が叟桂精舎を開き、明治3年には岡鹿門が綏猷堂を作り、明治10年に三島中洲が二松学舎を建て、さらに明治11年に小永井小舟と山井清渓がそれぞれ濠西精舎と清渓学舎を開きました。漱石も例外ではなく、二松学舎に一年間通い、期間中『唐詩選』、『皇朝史略』、『古文真宝』、『復文』、『孟子』、『史記』、『文章軌範』、『三体詩』、『論語』を学びました。

　漱石は、幼少期から漢文学に特別な興味を持っていました。唐朝及び宋朝の詩歌と史書を通読していました。漱石が7歳で入学した当時の小学校の授業科目は、算数、物理もありましたが、中心的な科目は

---

9)『道徳教育原論』福村出版社 P115

漢文学でした。漱石は他の知識人の子ども達と同じように、早くから漢文の書物を通読しました。1878年（明治11年）2月、12歳の時、漱石は史論の体裁を模倣した短編『正成論』を書き上げます。この短編は、主人公の武将楠正成が祖国のために尽くす物語を通して、儒家の忠義報国思想を称賛したものです。1881年（明治14年）春、東京府第一中学校を退学し、当時漢学者の三島中洲が創立した有名な漢学塾の二松学舎（現二松学舎大学）に入学、一年間勉強しています。当時の漱石の成績表が残っていますが、かなり上位の好成績でした[10]。漱石は、1881年7月に第3級第1課を、同年11月に第2級第3課を卒業しました[11]。授業内容は次のようなものでした。

第3級第1課：『唐詩選』、『皇朝史略』、『古文真宝』、『復文』。

第2級第3課：『孟子』、『史記』、『文章軌範』、『三体詩』、『論語』。

多くの者は3級程度で、2級以上の学力を有する者はまれだったといいます。

二松学舎では、『日本外史』、『十八史略』、『小学』、『唐詩選』、『史記』、『論語』などを学びました。そして漱石はそれ以外にも毎週、漢文による作文を練習するなど、漢文学の素養を高めていきました。

漱石が二松学舎に在籍していたのは、わずか1年ほどでしたが、多感な少年時代に二松学舎で培った漢詩文の知識と教養は、文豪のその後の人生に大きな影響を与えることになります。

---

10)『二松学舎百年史』1977年
11)『二松学舎百年史』1977年

III. 漱石と漢文学

1. 漱石の漢文学への憧れ

　漱石は『文学論』（1907年5月、大倉書店・服部書店）の序文で、次のように述べています。「余は少時好んで漢詩を学びたり。之を学ぶ時短じかきにも關らず、文学は暫くの如き者なりとの定義を漠然と冥々裏に左国史漢より得たり。ひそかに思ふに英文学も亦かくの如きものなるべし、欺くの如きものならば生涯を挙げて之を学ぶも、あながちに悔ゆることなかるべしと。…卒業せる余の脳裏には何となく英文学に欺かされるが如き不安の念あり、…翻つて思ふに余は漢籍に於て左程根底ある学力にあらず、然も余は十分之を味ひ得るものと自信す。余が英語における知識は無謀深しと云ふかからざるも、漢籍に於けるそれに劣りとは思わず。学力は同程度として好悪のかく迄に岐かるは両者の性質のそれ程に異なりますが為ならずんばあらず、換言すれば漢学に所謂漢文学と英語に所謂文学とは到底同定義の下に一括し得べからざる異種類のものたちざる可からず。」[12]

　漱石は、漢学を勉強する時期は短かったと述べていますが、これは恐らく二松学舎時代を意識しての言葉だと思われます。しかし、12歳の時に漢文『正成論』を書き、友人の父の漢学塾に習い、16歳の時に湯島聖堂の東京図書館へ行き、萩生徂徠の『蘐園十筆』を熱心に写します。漱石の漢学の素養は、彼の英文学の素養と同等に語るべきものではないと思われます。

　漱石が幼少期から漢文に対して興味を示していることが窺える作品があります。彼が1889年（明治22年）に著した『木屑録』で、その

---

12)『漱石全集』第九巻　岩波書店　1974年　P7
13)『漱石全集』第十二巻　岩波書店　1974年　P7
14)『文章世界』1908年9月15日

巻頭に、「余児時誦唐宋数千言喜作為文章。」と書いています[13]。また、漱石は『処女作追懐談』[14] の中でも次のように述べています。「茲で一寸話が大戻りをするが、私も十五六歳の頃は、漢書や小説などを読んで文学というものを面白く感じ、自分もやってみようという気がしたので、それを亡くなった兄に話して見ると、兄は文学は職業にない、アッコンプリッシメントに過ぎないんものだと云って、寧ろ私を叱った」[15]。漱石が中国文学に興味を抱き、大量の漢書を熟読しながら次第に作家になる夢を膨らませていたことが分かります。

　また、『余が文章に裨益せし書籍』の中でも次のように述べています。「漢文では享保時代の祖徠一派の文章が好きである。簡潔で句が締まっている。安井息軒の文は今もときどき読むが、軽薄でなく、浅薄でなくてよい。また、林鶴梁の『鶴梁全集』もおもしろく読んだ。」、「いったいに自分は和文のような、柔らかいだらだらしたものはきらいで、漢文のような強い力のある、すなわち雄勁なものが好きだ。」[16] 漱石は和文よりは漢文を好んでいたということが分かります。

２．正岡子規との出会い

　幼いころから漢文や漢詩に親しんできた漱石でしたが、漢詩文に対して大きな愛着心を抱くようになったのは、俳人・正岡子規を抜きにしては語れません。子規もまた、幼いころから漢詩文に親しんでいました。漢詩文は彼らの文芸の出発点と基礎、即ち原点というべきものです。

　1889 年（明治 22 年）、大学予備門で漱石は正岡子規と初めて出会

15）夏目漱石『漱石全集 第 16 巻』岩波書店 1974 年 P605
16）夏目漱石『漱石全集 第 16 巻』岩波書店 1974 年 P495

いました。この出会いは漱石へ人間的な影響を及ぼしただけではなく、文学的にも多大な影響を与えるものでした。俳人としての子規の知識は素晴らしく、しばしば漱石は子規から俳句を教わっていました。この交流を通して、二人は生涯の親友となる関係を築いていったのです。

正岡子規

二人とも漢文学から深い影響を受け、漢文学の素養を持ち、生来詩人の素質に恵まれていました。漱石の漢詩を作る意欲は、子規からの刺激を受けたためと言われています。若い頃の二人は、漢詩のやりとりにより交遊を深めた親友同士でした。

漱石と子規とは、俗にいう「馬が合った」ということでしょう。隠し立てなく、秘めごとを詩に託して子規に聞いてもらっていたようです。子規は、漱石の中の文学の萌芽を引き出してくれた大恩人です。飯田利行は、「かくして子規は、漱石に『畏友』と冠して畏敬した。漱石はまた、子規の俳句はいうまでもなく人間の魅力にひかれていた。」[17] と書いています。

二人の漢詩に関する付き合いは長いのですが、中でも子規といえば「柿食えば鐘が鳴るなり法隆寺」という俳句で有名です。この句は、親友である漱石の「鐘つけば銀杏ちるなり建長寺」の句を受けて作られたもので、子規と漱石の真の友情を物語っています。

また、漱石が1889年（明治22年）、23歳で房総を旅した際に日本寺を訪れており、この房総旅行の思い出を親友の子規に宛てて綴った

17）飯田利行『海棠花 − 子規漢詩と漱石』柏書房 1991年 P46 ～ 47

漢文紀行が、『木屑録』となりました。その約2年後、正岡子規は25歳で房総を旅し、日本寺を訪れました。この旅について綴ったのが『かくれみの街道をゆく』です。

漱石の雅号「漱石」は、中国の『晋書・孫楚伝』[18] に由来しているという有名な話がありますが、この雅号はもともと子規が使っていたものを、漱石が譲り受けたと言われています。

この雅号の話は、漱石と子規との友情の深さを物語るだけでなく、漢文学に対する慈しみを感じさせます。

子規が手がけた漢詩や俳句などの文集『七草集』が学友らの間で回覧されたとき、漱石がその批評を巻末に漢文で書いたことから、本格的な友情が始まります。この時に初めて、「漱石」という雅号が使われました。

IV. 漢文学及び漢文学の背景にある儒教思想が漱石作品に与えた影響

1. 漢文学が漱石の作品に与えた影響

漱石と漢文学の関係を論じるには、彼が作った漢詩に言及しない限り始まりません。漱石は、少年時代から漢詩を作り始めていました。その後、中断した時期もありましたが、一生を通して書き続けたと言えるほど数多くの作品を残しています。彼の漢詩は通算208首あり、日本の漢詩詩人と称されるほどの多作作家です。中国の研究者、常静

---

18) 漱石という雅号は、『晋書（しんじょ）』の孫楚（そんそ）伝の故事から取られています。西晋の孫楚は「石に枕し流れに漱（くちすす）ぐ」と言うべきところを、「石に漱ぎ流れに枕す」と言ってしまい、誤りを指摘されると、「石に漱ぐのは歯を磨くため、流れに枕するのは耳を洗うためだ」と言ってごまかしたという故事から、自分の失敗を認めず、屁理屈を並べて、言い逃れをすることや負け惜しみの強いことを「漱石」あるいは「漱石枕流」、「枕流漱石」というようになりました。

によれば、漱石の漢詩を以下のように四つの時代に分けることができます。

（1）学生時代（1889年-1894年）（明治22年-明治27年）　51首。

現存の漱石の作品の中で初めてとなる漢詩『鴻台』は、彼が17歳の時の作品「七言絶句」です。

鴻台冒暁訪禅扉　　　　鴻台暁を冒して　禅扉を訪えば
孤磬沈沈断続微　　　　孤磬沈沈　断続して微かなり
一敲一推人不答　　　　一叩一推人答えず
驚鴉撩乱掠門飛　　　　驚鴉撩乱　門を掠めて飛ぶ [19)

この漢詩は中国唐代の詩人、賈島の有名な "推敲" という故事を借用したものです [20)。

夜明けが近づく古寺、人気なくひっそりとした空間、途切れながら微かに聞こえる磬の響き、門を掠めて飛び立つ驚いた鴉。この光景から一種の禅的な寂寥感を感じさせます。仏暁の暗闇の中では目は見えず、頼りになるのは耳だけであるため、静かな夜明け前の磬の音は、身体が消えてなくなるような寂しさを感じさせます。それは夜の侘しさと古寺の静けさを際立たせるばかりではなく、夜の広がりの深遠さと、禅に見られるような神秘さを垣間見せながらも、この「鴻台」の詩には、その題材から、言葉の推敲、表現の仕方に至るまで、漢文学の濃厚な投影が見られます。

---

19) 1906年（明治39年）6月に、茨城県下館町で発行された雑誌「時運」八号から。
20)「推敲」という言葉の由来ですが、次の故事に依ります。唐の詩人賈島（かとう）が、「李欸の幽居に題す」中の一句で「僧は推す」がよいか、「僧は敲く」がよいか、「推す」と「敲く」とどちらにするかで悩みながら歩いているうちに（一説には驢馬に乗っていた、とされます）韓愈（かんゆ）の行列に突き当たり、賈島が韓愈に悩みを打ち明けて相談しましたところ、韓愈は「それはもちろん、僧は敲く、が良い」と言下に答え、それから賈島は韓愈の門下に入ったという話です。

それは、漱石の漢文学に対する高い素養によるとしか考えられません。中国の往古の詩人達は、寺の鐘の音(ね)に対して特別な愛着を持っています。張継の詩『楓橋夜泊』には、『姑蘇城外寒山寺、夜半鐘声到客船』という句があります。漱石の詩には、この詩と共通する雰囲気が漂っています。彼が1889年（明治22年）に書いた『木屑録』の巻頭にも「余児時誦唐宋数千言喜作為文章。」とあるように、漱石が小さいころから中国の詩に慣れ親しんでいたことが分かります。

　また、漱石の詩の『一敲一推』は、賈島の有名な詩『李凝の幽居に題す』の「僧敲月下門（僧ハ推ス月下ノ門）」において、賈島は「推」と「敲」のどちらを用いるべきかについて悩んだのですが、その「推」と「敲」をどちらも含んでいます。漱石も当然この詩を読んでいただろう、と徐前が述べています[21]。

　漱石は17歳の若さにして、静けさや寂しさという雰囲気をうまく表現できており、漢詩の才能があふれていること、また、中国文学に素養が高いことがこの詩から明確に窺えます。

　（2）松山、熊本時代（1896年-1900年）（明治29年-明治33年）　23首。

　1895年、漱石は松山中学校に赴任しましたが、1年後には熊本第五高等学校（現・熊本大学）に転任しました。熊本時代の漱石は、俳句作りに熱中していましたので、漢詩の作品は少なくなっています。

　（3）修善寺大患後時代（1910年-1916年）（明治43年-大正5年）59首。

　修善寺の大患というのは、漱石が1910年8月に伊豆の修善寺温泉で大吐血し、一時、生死の境をさまよった出来事です。漱石はその数日前まで、胃潰瘍の治療のために東京の長与胃腸病院に入院していま

21）徐前『漢詩人としての漱石と子規への一考察：二首の「鴻台」詩を中心に』

した。そして小康を得たのを幸いとして、医者の許可を取り付けたうえで、保養のために修善寺温泉へ向かいましたが、そこで病状が悪化して寝込んでしまいました。一時は、危篤状態にまで陥りました。

　修善寺大患後、夏目漱石の作品には五言絶句の割合が増えており、またこの期間の漢詩の特徴として、唐詩の風格に近い自然を静観する作品が多く残されています。

　（4）臨終前75首。

　1916年8月から、執筆できなくなる11月20日までの3か月余の間に、毎日のように午前は小説『明暗』を執筆し、午後は漢詩を作る日々を送っていました。

　この時期に漱石は、重い病気にかかっているにもかかわらず、ひたすら小説を書き続けていました。『明暗』は、円満とはいえない夫婦関係を軸に人間のエゴイズムを追った近代小説であり、漱石の小説中、最長の作品です。残念ながら未完に終わってしまいましたが、『明暗』は“則天去私”の境地を描こうとした作品と解されています。

　“則天去私”とは、晩年に漱石がたどり着いた心の境地のことです。心の内面を掘り下げながら、明治という新しい時代における「あるべき自分」をぎりぎりまで追求した、他人を許すことを理想とする立場でした。個人の自我を超えた大きな存在（天）に、自分を委ねる生き方です。天に委ねることで人に寛容であり、何ものをも内包できるのです。

　「不自然は自然には勝てないのです。技巧は天に負けるのです。策略として最も効力あるものが到底実行できないものだとしますと、つまり策略は役に立たないといふ事になります。自然に任せて置くがい

22）夏目漱石『断片』1915年

いといふ方針が最上だといふ事に帰着します。」[22] と、漱石は書いています。

修善寺大患後は、自然を静観する作品を数多く残したことから、晩年の漱石は禅に近い世界、自らの心の拠り所を求めたことが窺えます。

2．漢文学の背景にある儒教思想が漱石作品に与えた影響

漢文学思想の根源は、孔子、孟子を代表とする儒家思想です。孔子は中国儒学の創始者です。古来、中国では、儒家思想の影響が政治、文化等の面だけでなく、中国人の行動と思考方式にも及んでいます。儒学は中国の二千年にわたる封建社会の中で、正統的な思想として位置付けられ、長い間、独占的な地位を確保していました。

漢文学の根幹は、政治、倫理道徳観念をもっとも重視することにあります。庶民の苦楽、戦争の勝敗によりもたらされる悪影響、国家の興亡、政治と倫理道徳はいつの時代においても主要な課題です。漱石の作品を貫いている思想は、漢文学の思想と同じものです。漱石は日本の文明批判家であり、社会批判家でもあります。明治社会の西洋文明への無条件な崇拝を批判することが、漱石の重要なテーマであったといえます。

儒家思想を具体的に言うと、修身、斉家、治国、平天下、『礼記・大学』を中心とした思想です。仁、義、礼、智、信を基準にした道徳観念と、天、地、君、親、師の順番にした倫理観念を持ちます。この思想の支配の元で、漢文学は国民を教育するという目的も含まれていました。

中国において、漱石は現実の世界の批判家という評価を受けています。その理由は、彼の作品は、常に社会の悪い一面を容赦なく批判しているからです。

また、漱石が、明治時代において急速に西洋に傾倒していく近代化政策を批判できたのも、幼少期から漢文学に深い興味を持ち、そして、

漢学を勉強することによって文学素養を高めたからともいえます。

　儒教思想も、漢詩も、漢文学に含まれることから、次は漢文学の背景にある儒教思想の影響を受けた漱石の作品を考察します。

1）近代文明批判

　近代文明についての批判は、たとえば、（『吾輩は猫である』という作品の中で「猫」の口を借りて）、明治時代に国が総力を挙げ、西洋文明を日本に取り入れようとしていた中で、漱石は日本人の西洋化に対する無批判な崇拝を、次のように述べています。

　「運動をしろの、牛乳を飲めの、冷水を浴びろの、海の中へ飛び込めの、夏になったら山の中へ籠って当分霞を食へのとくだらぬ注文を連発する様になったのは、西洋から神国へ伝染した輓近の病気で、矢張りペスト、肺病、神経衰弱の一族と心得ていいくらいだ」[23]。ここで明治時代、西洋文明の導入に、国が総力で取り組む姿勢に疑問を感じ、漱石は日本人が自己を持たずに崇拝している西洋文明は伝染病と同じだと主張しています。

　漱石は『坊ちゃん』という作品の中で、無鉄砲で江戸っ子であり、社会制度よりも義理を重視する「坊っちゃん」（名前は登場しない）が、松山の中学校に教師として赴任します。そこで、色々な教師や生意気な生徒達との出会いから、悪を懲らしめようとした、ぼっちゃんの同僚の山嵐が社会的には敗れる姿を通して、教師や教育、官僚制度への批判、あるいは、文学士の自分に対する批判、そういったものを含む近代文明への批判を込めました。

　また、『草枕』の中の儒教思想の一つにも、西洋文明批判が見られ

---

23) 夏目漱石『漱石全集　第 1 巻』岩波書店 1974 年 P252

ます。画家が本を読んでいるところに、旅館の女将の那美がやって来て「むずかしい事が書いてあるでしょうね」と聞き、画家が「実はわたしにも、よく分からないんです」と答えるところがあります。画家は「どうして最初から仕舞まで読まなければいけないのか」というのですが、この部分で漱石は、ストーリー重視の西洋文学だけが真の文学ではないという手厳しい批判をしています。「小説も非人情で読むから、筋なんかどうでもいいんです」と画家がいうように、『草枕』そのものも筋がありません。というよりは、積極的に筋を排除して書かれているといえるでしょう。そして、より「絵画的」、「俳句的」な世界を目指しました。

「二十世紀に睡眠が必要ならば、二十世紀にこの出世間的の詩味は大切である。惜しい事に今の詩を作る人も、詩を読む人もみんな、西洋人にかぶれているから、わざわざ呑気な扁舟を泛べてこの桃源に溯るものはないようだ。余は固より詩人を職業にしておらんから、王維や淵明の境界を今の世に布教して広げようと云う心掛も何もない。ただ自分にはこう云う感興が演芸会よりも舞踏会よりも薬になるように思われる。ファウストよりも、ハムレットよりもありがたく考えられる。こうやって、ただ一人絵の具箱と三脚几を担いで春の山路をのそのそあるくのも全くこれがためだ。淵明、王維の詩境を直接に自然から吸収して、すこしの間でも非人情の天地に逍遥したいからの願。一つの酔興だ。」[24]

ここで漱石は、日本人が西洋文明を無批判に崇拝することに厳しい視線を向けます。同時に、西洋の作品よりも漢詩を好む気持ちをはっきりと記しました。更に「非人情の天地に逍遥したい」と、"則天去私"

24）夏目漱石『漱石全集　岩波書店　第2巻394』1975年第二版

の境界にたどり着きたいという心情を窺うことができます。

2）戦争に対しての批判

『三四郎』[25] という作品の冒頭で、漱石は小説に登場した人物、「爺さん」の口を借りて戦争の罪悪を強く批判しました。「自分の子も戦争中兵隊にとられて、とうとう彼地で死んでしまった。一體戦争は何の為にするものだか解らない。後で景気でも好くなればだが、大事な子は殺される、物価は高くなる。こんな馬鹿氣たものはない。世の好い時分に出稼ぎなど言うものがなかった。みんな戦争のお陰だ。」[26] ここで戦争がもたらす悪い影響、そして戦争はあってはいけないという漢文学に流れている儒教の思想が貫かれています。

3）倫理道徳観

倫理及び道徳についての探究は、漱石の作品においても重要な課題の一つです。漱石が 1916 年（大正 5 年）に書いた日記の最後で、このように述べています。「倫理的にして始めて芸術的なり。真に芸術的なるものは必ず倫理的なり」[27]。この倫理道徳観については、作品の中で次のように表現されています。

『虞美人草』という作品は、豊かな詩才に恵まれ、傲慢で虚栄心の強い美しい女性主人公藤尾が、その濃艶な魅力で温厚な秀才小野の心を惹きつけます。小野はやがて藤尾の遊戯的な愛に気付き、古風でもの哀れな恩師の娘、小夜子と結婚します。小野の裏切りにより、つい

25）1908 年 9 - 12 月、『朝日新聞』/1909 年 5 月、春陽堂)
26）夏目漱石『漱石全集　第 9 巻』岩波書店 1974 年 P7
27）夏目漱石『漱石全集　第 13 巻』岩波書店 1974 年 P839

にすべてを失った藤尾の破局に向かう凄惨な姿を通して、道義の中に人間の真の生を追求し、現代人の心を激しく揺さぶる問題作です。

『それから』という作品は、30歳の主人公、永井代助は義理堅い気持ちから、本当は好きである三千代を友人の平岡常次郎に譲りましたが、後に三千代を返してくれませんかと頼むことで、平岡から縁を切られます。代助は、個人の愛情と社会倫理の間で苦渋の選択に迫られます。これも倫理道徳観の狭間に置かれた人間の描写となっています。

『門』という作品は、ある意味では『それから』の続編になります。『それから』の中で、父や兄弟を裏切った代助と三千代は、それぞれ『門』の中の宗助と阿米に変身します。親友の安井を裏切り、その妻の阿米と結ばれた宗助は、親友から女を略奪したという罪悪感にさいなまされます。その背徳の罪悪感ゆえ、社会と断絶した二人だけの世界に閉じこもり続けました。漱石はその後期三部作、『彼岸過迄』、『行人』、『こころ』を通して更に人間の内面世界を分析し、利己主義を徹底的に批判しました。特に男女の愛情の葛藤から生まれた私利私欲、そしてその私利私欲による罪悪感、苦悶、孤独と絶望を描写しています。

『こころ』の主人公は若い時、未亡人の令嬢に恋を抱くようになりましたが、ある時、Kから令嬢に対する恋心を打ち明けられた主人公は、Kの恋愛をあきらめさせるために「精神的に向上心のないものは馬鹿だ」と言い放ちます。他方、自分は未亡人を味方にして、令嬢との結婚の約束をしてしまいます。それを知ったKは、世のはかなさを感じ、自殺しました。主人公は相談に来た相手に対し、利己的な行いをしたことによって十字架を背うことになり、最終的に主人公も自殺してしまいます。

漱石はこの作品で、利己主義は自分にも他人にも害を及ぼすことを警告しました。この小説は漱石が利己主義を批判した作品でもありました。

最後に執筆した小説『明暗』も、数多くの男女役を登場させ、複雑な心理的な変化の表現を通して、人間の利己主義を徹底的に批判しました。

3．漱石が論語から受けた影響について

　前述したように、漢文学思想の根源は孔子、孟子を代表とする儒家思想です。『論語』は、孔子の弟子達が孔子の言葉を記述したもので、古代中国の大古典「四書」のひとつです。古い道徳主義のイメージをもつ人もいるでしょうが、人間として守るべき、また行うべき、しごく当り前のことが簡潔な言葉で記されています。

　漱石が1年間学んだ二松学舎に、『論語』の科目がありました。漱石がその『論語』から受けた影響も、作品の中によくみられます。

　例えば、漱石を一躍著名にした初期の作品『吾輩は猫である』[28]では、次のように『論語』から引用しています。

　●夫子の道は忠恕のみ

　「公徳と申すと何か新しく外国から輸入して来たように考える諸君もあるかも知れんが、さう思ふのは大なる誤りで、昔人も夫子の道一以て之を貫く、忠恕のみ矣と云われた事がある。この恕と申すのが取りも直さず公徳の出所である」[29]。他人への思いやりこそが公徳の出発点であり、その思いやりを欠いている生徒たちへの教訓を述べています。

　この引用から、漱石の作品『私の個人主義』（1914年）の思想の原点を窺うことができます。恕は思いやりであり、漱石は『私の個人主

28）1905年1月 - 1906年8月、『ホトトギス』/1905年10月 - 1907年5月、大倉書店・服部書店
29）夏目漱石『漱石全集　第1巻』岩波書店 1974年 P310

義』の中で、「自己の個性の発展を遂げようと思うならば、同時に他人の個性も尊重しなければなりません。」と書いているように、他人の個性を尊重することは、まさしく思いやりそのものになります。

　これは『論語』の一節によるものです。

●「参や、我が道は一以て之を貫く」曾子曰く「唯」子ず。門人問いて曰く、「何の謂いぞや」曾子曰く、「夫子の道は、忠恕のみ」

　（孔子先生がおっしゃられた）「門人の参よ、私の説いているものは一つのもので貫かれているのだ」。曾子は「はい、わかりました」と答えました。孔子が退出すると、門人たちが曾子に質問しました。「どのような意味でしょうか」と。曾子は「先生の道は、真心と思いやりということだけなのだ」と答えたという一節を縮めたものです。そして更に『論語』から「忠恕（私利私欲を捨てた、思いやりの真心）」の一節を引き、「さて、〈恕〉は、他人へのおもいやりですが、これを孔子は、〈己の欲せざる所は、人に施すこと勿かれ〉とも言っています。自分のして欲しくないことを人にしてはいけないということが、人間として一生行う価値のある道徳です」と説いています。

●徳は孤ならず、必ず隣あり [30]

　「累々と徳孤ならずの蜜柑哉」という漱石の俳句があります。これは『論語』の「徳は孤ならず、必ず隣あり」を踏まえて詠まれています。孔子の体験からの言葉であろうと思われますが、徳のある者は、時には孤立する時があったとしても、長い目で見れば、必ずその徳を慕って人が集まってくるものだという意味です。そこからこの句は、庭の木にたわわに実った蜜柑を詠みながら、その持ち主の人徳を見て

30）「累々と徳孤ならずの蜜柑哉」という俳句です。全集（昭和10年）で969-1030の62句は「正岡子規へ送りたる句稿　その二十一　十二月」として収められています。1030の句の後に「漱石拝」とあります。新聞『日本』（明治30年3月7日）／『新俳句』

取り、讃えているのです。漱石が論語を愛読したことが窺えます。

4．漱石の最高境地「則天去私」について

　漱石の作品の中で、とくに初期の頃、漢文と漢詩がよく使われていました。

　東洋の美意識の下で創作されたとされる作品『草枕』は、王維と陶淵明の詩を引用しています。作品の中で漱石は、どこに行っても世の中に住みやすい場所などないと悟った時に、次のように漢詩を引いています。

　「うれしい事に東洋の詩歌はそこを解脱したのがある。採菊東籬下、悠然見南山。ただそれぎりの裏に暑苦しい世の中をまるで忘れた光景が出てくる。…（中略）…超然と出世間的に利害損得の汗を流し去った心持ちになれる。独坐幽篁裏、弾琴復長嘯、深林人不知、明月来相照。…（中略）…汽船、汽車、権利、義務、道徳、礼義で疲れ果てた後に、すべてを忘却してぐっすり寝込むような功徳である。」

　この「独坐幽篁裏、弾琴復長嘯、深林人不知、明月来相照。」というのは、「独り竹やぶに静かに坐って、琴を弾きながら詩歌を詠う。奥深いこの林の中のわが庵があるなど誰も知らないが、明月だけはちゃんと訪ね来て照らしてくれる。」という意味です。世俗を離れて林野に隠棲し、自然を友とし、独り幽境に遊ぶ閑道人の悠然自適の境涯が窺える漢詩です。

　このように、漱石の作品中には漢詩がよく出てきて、周りの情景や自らの感情を効果的に表現するために用いられています。漱石が漢詩をこよなく愛していることが分かります。同時に漢詩は、彼が晩年に提唱した"則天去私"の境地の出発点であります。

5. 漱石の作品の中での漢文学的な表現手法について

　作品『吾輩は猫である』は、全編を通して漢文の言葉、及び文章表現で一貫しています。誇張と諷刺という表現手法もうまく駆使しています。

　たとえば、くしゃみ先生と金田夫人が初めて会った時、猫は夫人を観察して次の言葉を発します。「鼻子の方では天が下の一隅にこんな変人がやはり日光に照らされて生活していようとは夢にも知らない。」[31] この表現では漢文をそのまま使っていませんが、全体的に見ると中国の文体表現に近くなっています。「天が下」は、中国では「普天之下」と表現します。「日光に照らされて」は、中国語では「活在光天化日之下」と表します。「夢にも知らない」は、中国語訳では「做夢也没有想到」と表現します。この文体表現が、中国語そのものと連想されます。

　また、中国で漱石を専門に研究する劉介入の考証によれば、漱石の随筆『人生』は分量としては2、3千字しかありませんが、文章の中に中国の歴史典故を随所に引用しています。ここでも漱石が漢文学をこよなく愛していることと、漢文学の教養の深さが窺えます。

　一例を挙げると、「…、忙しきものは孔席暖かならず、墨突黔せずとも云ひ、…」と書かれていますが、これは班固『答賓戯』の「孔席暖まらず墨突黔まず」に由来しています。その意味は、孔子の席は暖まることなく、墨子の家の煙突は煙で黒くなることがない。孔子と墨子は世を救うために東奔西走して家に落ち着くことがなかったということです。

　他に『塞翁失馬』や『竹林七賢』などから題材を用いています。

31）夏目漱石『漱石全集　第9巻』岩波書店 1974年 P7

また、禍福二門，千差万別，因果大法，順逆二境，漫然自失，など
中国語をそのまま使っていることが多いのも特徴です。

6．儒教思想の入世から受けた影響について

　漱石が 29 歳の時に正岡子規から漢詩を受け、その返しの歌があり
ます。

　　　無題
　　　海南千里遠　　　為君憂国易
　　　欲別暮天寒　　　作客到家難
　　　鉄笛吹紅雪　　　三十巽還坎
　　　火輪沸紫瀾　　　功名夢半残
　　　（1896 年＜明治 29 年＞1 月 12 日の書簡より）

　歌の中の、最後の二句の「三十巽還坎　功名夢半残（30 歳にもな
りながら功名は果たせず、故郷へも帰り難い）」、これは儒教の思想の
中入世を追求する気持ちの表れだと思われます。
　漱石は 30 歳で、第五高等学校で教授として昇任することができま
したので、孔子の論語の中にある「三十而立（三十にして立つ）」と
いう目標には到達したようです。

V．考察と分析

　以上、漢文学が漱石の作品及び文学思想に与えた影響について考察
しました。漢文学思想の根源は孔子、孟子を代表とする儒家思想であ
り、政治、倫理道徳観念が最も重視されています。漱石の作品の中に
は、その倫理道徳に関連するものが多いことが明らかになりました。
また、漱石の思想面においても、中国の『論語』から深く影響を受け
ていることも分かりました。

彼は英国に留学した経験があり、あまり馴染めはしなかったもの
の、西洋文明にも少なからず影響されたにも関わらず、彼は死ぬまで
漢詩を書き続けていたことや、明治時代の日本人が無条件に西洋文明
を崇拝することを批判したことは、漱石が幼少期から受けた漢文学か
らの背景にある儒教思想の影響と思われます。

　漢文学は漱石が幼少期から好き好んで習ったことに対して、西洋文
化に触れるきっかけになったのは、当時の明治政府、文部省の命令に
よる半ば強制的な、官の立場での英国留学でした。

　英国は完全に都市化していました。「近代」を獲得するために英国
に派遣された彼は、英国人が自然と触れ合う生活を失い、やがて「近
代」が人間相互の信頼感を、安息を、日光を、田園と緑の樹木を限り
なく奪うことを知ってしまいました。

　漱石は、ロンドンに住み暮らした2年間を、「尤も不愉快の二年な
り。余は英国紳士の間にあって狼群に伍す一匹のむく犬の如く、あは
れなる生活を営みたり。」[32]と書いています。

　英国に留学した漱石は、東洋人に対する英国人の根強い偏見に触れ
て、東洋人としての自覚に目覚めました。英国人は何事も自己を標準
として東洋人を侮蔑し、東洋の思想や文化を理解しようとせず、西洋
人に同化させようとします。

　英国人の生活と文化に違和感を覚える漱石は、自分の文学観を養っ
た東洋と西洋では、文学に対する考えが根本から違っていることに気
付きました。すべて西洋が標準であるならば、東洋の文学が否定され、
ひたすら西洋人の真似をしなければならないことになります。

　英国を好んでいませんでしたが、漱石は、英国において西洋的自由

32）夏目漱石『文学論』序

と個人主義を学び、それを身に着けて帰国しました。漱石は言います、「西洋人がこれは良い詩だと言っても、自分が心からそう思わなければ、受け売りすべきではない。我々日本人は、英国の奴隷ではない。一個の独立した日本人である限り、自分のしっかりした見識を持つべきだ」と。彼は西洋人の近代的個人主義を身に着け、無批判な西洋化の風潮を拒絶する一方、帰国後は日本の封建主義の残滓という「世間」から脱皮を図ろうとしました。

　その後、心の内面を掘り下げながら、近代的自我をぎりぎりまで追求した漱石が最後にたどり着いた境地は、許すことを理想とする立場でした。それは晩年に彼の揮毫に見られる"則天去私"の思想に通じます。個人の自我を超えた大きな存在（天）に、自分を委ねる生き方です。天に委ねることで人に寛容であり、何ものをも包摂できるのです[33]。

　また、漱石研究に詳しい吉田精一が『日本近代文学の比較文学研究』で、「漱石の作品にも、時にメレディス、オースチンの匂いはしても、それらをすっかり消化しきって、部分的な技巧の以外には、目につくものがないほどである。」[34]と述べています。

　漱石の思想には始終、漢文学、いわゆる儒家思想が貫かれています。彼は、西洋文明よりも漢文学から受けた影響の方が大きいと言えます。

　庶民の苦楽、戦争の勝敗、国家の興亡、倫理道徳は、いつの時代においても主要なテーマです。

　漱石の作品に貫かれている思想は、漢文学に含まれているものと極

33）高継芬、山本孝司『漱石「個人主義」思想の自峙論的要素－アメリカ超越主義からの影響を探る－』九州看護福祉大学紀要 VoL.13 No.1 P47 ～ 48
34）吉田精一編『日本近代文学の比較文学的研究』清水弘文堂書房 1971 年 P6

めて近いものとなっています。漱石の漢詩の創作力は、凄まじいものがあります。彼は、二松学舎（当時は漢文の専門学校）で、朝から晩まで漢文を集中的に学びました。その漢文という根底があったからこそ、秀英学舎（現・明治学院大学）や東京帝国大学（現・東京大学）で英語を専門にしてからも、英語の学力的な伸びが著しかったのだといわれています。

　裏付けになる逸話があります。大学予備門時代、23歳の漱石は夏休みに友人たちと房総に旅行しましたが、帰京後、漢詩文紀行『木屑録』を書きました。同級の正岡子規に見せると、子規は「英書を読む者は漢籍が出来ず、漢籍の出来るものは英書は読めん、我兄の如きは千万人中の一人なり」と、跋を書いてよこしたそうです（『正岡子規』ホトトギス 1908 年＜明治 41 年＞）。漱石が東京帝国大学の英文科に進むのはその翌年ですから、そうしてみると、予備門時代から漱石は英語力においてもよほど秀でていたのでしょう。当時の漱石は英文学に対しても、これまで自分が漢文学で培ってきた文学の観念で向き合えば、それでそのまま通るものと考えていたようです。

　漢文には魔力があり、他の科目に集中できないということで、東京帝国大学では漢文の書物をすべて捨てて、英語の勉強に集中した漱石でしたが、晩年はまた、小説の原稿の合間に漢詩・漢文を創作しています。漱石は、英文学に関しても秀れていますが、英語の力と漢文の力が同等であったと思われるにもかかわらず、漢文学から始まり、漢文学で終わったという表現が正しいと言えるでしょう。

VI.　結びにかえて

　漱石は『吾輩は猫である』から『明暗』まで一刻も休む暇なく、常に社会的な暗い面、人間の暗い面、そして、むやみに西洋文明を崇拝するという明治時代の近代文明を批判し続けていながらも、彼は社会

の現実から目を逸らすことがありませんでした。彼は、現実主義的な創作手法を用いて、また、典型的な社会現象に着目して作品を完成させていますが、その作品には人々の生活、特に知識人の生活を反映させています。彼の作品は社会現実と密接に連携しており、読者に周りのことや現実に起きていることに対して反省させる作品でもあります。

　彼の作品に示されている倫理道徳の基本には、漢文学に内含されている倫理道徳が反映されています。

　中国の読者が漱石の作品を読むと、親近感が湧くといいます。作品の中に親しみやすい中国の漢詩や漢文の表現が多く見てとれるだけではなく、作品の行間から読み取れる彼の思想、すなわち漢文学にある思想と極めて近い思想が流れているからです。ここで漢文学は漱石の創作の礎という結論に至りましたが、今後、更に漱石と漢文学の関わりを追究するため、漱石が中国においてどのように理解されているのかについては、次の章で述べることとします。

第五章　中国における夏目漱石作品の翻訳
　　　及び評価について

　漱石の作品は、欧米でもいくつか英訳されており、近年になって評価が高まってきました。

　漱石文学の研究も多様化しており、1965 年に英国の日本文学研究家によって『坊っちゃん』、『草枕』などが英訳されました。英国の日本文学研究者、ダミアン・フラナガン氏は、2005 年に『倫敦塔』の英訳を出版し、漱石をシェークスピアにも比肩しうる世界的な文豪と評しています。

　そして中国では、漱石は最も有名な日本人小説家です。早くも中華民国期において、魯迅が漱石の小品 2 本を翻訳しているほか、魯迅の弟、周作人も漱石の作品を紹介しました。現在は、ほぼ全ての作品が翻訳され、特に『吾輩は猫である』は少なくとも 20 種類近くの翻訳版があるとされます。

　漱石は漢詩文への造詣が深く、約 200 本に上る漢詩や漢文の作品があることや、中国の作家と同様、国家や社会への目配りがあることも、漱石が中国人に親近感を持たれる理由です。何より、近代中国と同じく、急速な近代化、西洋化の激動の時代に生きた知識人の姿が、共感を呼びます。中国人にとって漱石は、国の違いを超えた、普遍性を持つ作家と言えると思います。

Ⅰ．はじめに
　夏目漱石は中国においても広く知られている作家であり、評価は魯迅と同レベルとも言われています。そのような位置づけは、二人の文学の根幹にある批判精神と深い思索に基づいていると思われます。ま

た、中国で最初に漱石の作品を紹介したのも魯迅です。

　1923年（大正12年）、魯迅が翻訳した漱石の作品は、『永日小品』の「クレイグ先生」と「懸物」です。2編とも短い文章ですが、中国で初めての漱石の翻訳として注目されます。また、崔万秋が翻訳した『草枕』（上海真善美出版社1929年）が中国の学術界、及び読者の間に広く注目されたことは、漱石文学が中国文学に与えた影響の大きさを示す証しになりました。

　中国の読者は、漱石文学に強く引きつけられると同時に、漱石の中国観にも深く興味を覚えます。漱石は幼少期から正統的な東洋教育を受けて、漢文学に精通していました。彼が漢文学から受けた影響については多く研究されていますが、逆に漱石及び彼の作品が中国にどのような影響を及ぼしたのかは日本で十分に議論されていません。しかし、その研究に入るためには、まず彼の作品がどのように中国語に翻訳されているかを吟味する必要があります。本章は、中国において漱石の作品がどのように翻訳されているかについて述べます。

II．研究の視点

　本章では、中国において中国語に訳された漱石の作品を、時代背景、及びその訳に対する評価など中心に考えていくことにします。

1．漱石の時代

　文学作品を外国語へ翻訳する場合、先にその作家の時代背景について把握しておく必要があります。また、翻訳された文学作品を読むときには、それが翻訳された際の翻訳者側の時代背景を把握しておくことも重要です。

　漱石の生まれた年は、徳川幕府による封建体制が崩壊する時期に当たり、日本はその翌年から年号を明治と改め、西欧の列強に対抗する

ため、近代国家体制の構築を急ピッチで進めます。つまり、明治の年号よりも一年年長である漱石の半世紀に及ぶ生涯は、日本におけるこうした歴史的な変革期とほぼ時期を同じくしているのです。さらに明治時代から大正時代には、日本の開国による西洋文化の到来、日清と日露という二つの戦争、明治時代の終焉（明治天皇の崩御）などがあり、そのような激動の時代を漱石は生きてきました。

　明治政府に仕える知識人たちは、かつては武士階級であり、日本の藩、家といった集団に仕えることに重きを置きながら日本を動かし、日本の未来を考えた人たちです。彼らは西洋に追いつこうと必死になっている日本の成長が、西洋人の模倣でしかないむなしさを抱えており、また封建制度が崩れていく時代にあって、自らの存在意義を見つけていくことに苦悩していました。

２．中国においての時代背景

　漱石は、1905 年（明治 38 年）に『吾輩は猫である』を発表して以来、1916 年（大正 5 年）に亡くなるまで作品を書き続けていました。漱石が活躍していた時期は、ちょうど中国の清朝の末、中華民国の初期に当たります。翻訳文学が盛んな時期でもあります。漱石が 1900 年（明治 33 年）に英国に留学した時の任務は、英国の近代化を吸収し、日本に持ち帰ることでした。その時、中国も「百聞一見にしかず」が提唱され、外国に留学生を派遣し、学ぶ姿勢がありました。ただ、アメリカなどに行くよりも、日本が近く、言葉も理解しやすい利点があるため、1896 年（明治 29 年）、中国政府は初めての留学生を日本に派遣したのです。そのため、当時の中国文学は、日本から大きな影響を受けたと思われます。

III. 魯迅が漱石の訳について論じる事

　漱石を中国でいち早く紹介したのは、周作人です。彼は1918年（大正7年）に行った『日本近30年小説之発達』の講演の中で、漱石は「余裕の文学」と「低徊趣味」として紹介されています。低徊とは、余裕を持ち、楽しみながら思索にふけることをいいます。

　魯迅の漱石に対する「余裕の文学」と言う評価は、今から見れば、漱石の早期の創作態度であり、当時、漱石の作品のすべてが余裕の文学として定着していました。

　また、魯迅は漱石の明治時代の西洋文明批判の態度を絶賛していました。

　1934年（昭和9年）、魯迅が『閑話日本文学』の中で、中国における漱石の翻訳について言及しています。一番朗読に適している作品は、漱石の小説にほかなりません。

　また、漱石の作品の翻訳は非常に難しく、中には日本留学生が訳したものもありますが、間違いが多くなっています。特に『吾輩は猫である』は、原文に忠実に翻訳することは実に至難の業です。漱石の大部分の作品、特に小説はほとんど中国語に訳されますが、『虞美人草』は色々な理由でまだ訳本がありません。

　漱石に対する評論などもたくさんあります。『日本文学史』、『東方文学史』の教材では、漱石を日本近代文学の代表として評価され、重点的に論じられています。

IV. 『草枕』の訳及び評価について

　中国の翻訳家崔万秋が1929年（昭和4年）に『草枕』を翻訳し、上海真善美書店によって出版されました。

　『草枕』は中国における評価が非常に高いものとなっています。『草枕』は、東方の禅の哲学を推奨した老子と荘子の思想の色彩が濃厚に

含まれています。

　作品の中に中国の詩人陶淵明、王位の境界の崇拝が多く描写されています。中国の読者にとって親しみやすい作品です。これも、草枕が中国において高い評価を得た理由の一つとして考えられます。

　崔万秋は、『草枕』を美しい香ばしい花と例えています。そして次のように述べています。「私は大胆にこの花を日本から大陸に移植し、中国の読者に鑑賞してもらうことにしました。しかし、中国の土の質が日本と違うし気候も違うので、日本できれいに咲いている花でも、中国では枯れてしまうではないかという心配があります。また中国人の好みの違いなどで、この花が中国でよく育つのかどうかを心配しています」。

　しかし、崔万秋の心配が余計だったことが、事実によって直ぐに証明されます。『草枕』の訳本は、中国で大きな反響を呼びました。訳本が正確に原文の意に沿って訳されたのと、流暢な文体が読者からの支持を得て、たちまちベストセラーになりました。

　謝六逸は、『草枕』吟味を記載した『茶話集』で『草枕』を次のように推薦しています。「我が国に崔万秋の訳本があるので、文学を志す人は皆読むべきだ」。また、漱石の作品で表現した東洋人の情緒は、近代資本主義文明の騒動とゆとりのない生活の中において、特殊な意義を持っていると評価しました。

　『草枕』の有名な冒頭の部分の「とかくに人の世は住みにくい。」に対して、崔万秋の訳は「人世不易住」となりますが、丰子愷の訳は「人的世界是難処的」となります。「住む」に対する訳が違うのです。

Ⅴ．夏目漱石の代表作『文学論』と『文学評論』に関する中国の評価

　1931 年（昭和 6 年）、張我軍氏が中国語に訳した『文学論』を上海神州国光社で出版しました。

『文学論』の内容が難しいこともあり、厨川白村の作品には影響が及びませんでした（1920年代後半の5年間の間、彼の主要作品はほとんど翻訳され、中国に大きな影響を与えた。彼の文芸思想は中国文学史上の人物に影響を与えた）、（工藤貴正『中国語圏における厨川白村現象 ―隆盛・衰退・回帰と継続―』）。

　『文学論』が中国に対し、どのような影響を及ぼしたかについて評価することは難しいものがあります。しかし、中国に一定の影響を与えたことは確かな事実です。孔芥が編著した『文学原論』（中国の清末時代において、『文学論』の翻訳が最長で系統的文学概論方面の著作です）第3章「経験の要素」の部分が、漱石の『文学論』を下地にしています。周作人が、文学論の訳本の序言に、夏目漱石と彼の文学理論について十分な評価を記しています

　中国で初めて翻訳し出版された漱石の作品集は、章克標が訳した『夏目漱石集』です。この作品集は、1932年（昭和7年）に上海開明書店によって出版されました。その中に、小説『坊ちゃん』と『倫敦塔』、そして、高浜虚子著『鶏頭』序が収録されています。訳本の前に章克標が書いた『夏目漱石について』の序言も出版されています。この序言に、漱石の人生歴、思想、創作状況について詳細に書かれています。漱石の紹介は、主に漱石の前期の作品を根拠にしており、漱石の江戸っ子気質、軽快な文体、余裕の文学の創作を強調しています。漱石の文章表現に注目すべきとし、彼は東洋と西洋の文学に精通しているので、文学の知識が豊富なこと、表現の技法を駆使し、豊富な文字を用いて文章が生きているように感じると同時に、『坊ちゃん』は中国の当時の教育界に警鐘を鳴らすほどの素晴らしい作品でもあると称賛しました。

VI. 『吾輩は猫である』の訳及び評価について

　『吾輩は猫である』は、1950年（昭和25年）代に胡雪と尤炳圻の訳本があります。

　胡雪氏は、武漢華中師範大学教員で、尤其氏即ち尤炳圻氏は江蘇無錫の出身で日本に留学した経験があります。彼は『吾輩は猫である』の翻訳を1943年（昭和18年）から既に下準備していました。できたものを当時、周作人が社長を務めていた出版社の翻訳作品のシリーズの一つとして、出版されました。

　当時、中国において『吾輩は猫である』に対しての理解と認識は、刘振瀛の『夏目漱石選集』の1万4000字余りの分量がある前書きに述べられています。前書きでは漱石の人物とその作品について紹介され、重点的に『吾輩は猫である』、『坊ちゃん』、『草枕』の三つの作品について評論されています。漱石の作品の、社会における意義及び資本主義に対する批判について強調されています。『吾輩は猫である』の評論に、次のように述べられています。

　「この作品は資本主義知識階層を容赦なく攻撃し、嘲笑しました。夏目漱石の明治社会に抱いた憎悪の感情は、極めて深いのです。作者の真摯な創作態度が伝わってきます。」

　なお、劉振瀛氏は胡雪氏の『夏目漱石的生平時代及其諷刺作品』（外国文学研究1981年第一期）において、「『吾輩は猫である』は、資本主義知識階層に対しての批判です。」という分析に関して、この見方だと、本当は知識人の口を借りて社会を風刺するという真意を理解していないことになると指摘する反対意見を述べました。

　1990年（平成2年）代、新しい訳本が出ました。その一つに、1993年（平成5年）、南京の译林出版社が出版した于雷氏の訳本があります。彼は、「吾輩」に関しての訳し方について何度も推敲したのちに、ようやく決めたという逸話があります。

彼はこのことについて、訳者の序で次のように述べています。1985年（昭和60年）に『吾輩は猫である』の作品を翻訳し始めたときから、小説のタイトルの訳し方で悩んでいました。「吾輩」をどう訳すのかが一番重要なことだと考えていました。

　古代の日本で、「吾輩」は「臣」が新しく即位した天皇の前で自分を譲って言う表現だったようです。一方、中国では古代、吾輩の使用は市井（昔、中国で、井戸のある周辺に人家が集まったことから，あるいは市街では道が井の字の形をしているからともいう）の間で流行っていました。中国の「在下」（宋元明清時代の話し言葉の上に形成される書き言葉）の意味に近いものです。

　『吾輩は猫である』のもう一つの訳本は、上海訳文出版社から1994年（平成6年）に出版された劉振瀛氏の訳本です。彼の訳本は独創的なところがあります。

　「吾輩は猫である。名前はまだない。」についての訳し方は次の通りです。

　1. 胡雪と尤炳圻の訳し方は「我是猫、名字没有。」
　この訳は完全な直訳となっています。原文の味を出していません。

　2. 于雷の訳文は「咱家是猫、名字…还没有。」
　この訳は「吾輩」を「咱家」と訳すことで、原文の味を出しています。原文にない省略記号「…」を加えて、猫の「人間ではない自負」を強調していると同時に、名前がまだない恥ずかしさをうまく表現しています。

　"咱"在东北方意思是"我"，多见于早期白话。 读音：咱（zá）家（jiā）在早期白话中，是一种比较口语化的称呼，不亢不卑，却谦中有傲，类似"吾辈"这个源于日本古代老臣在新帝面前的谦称词，也类似我国评

书中的"在下"之意。

3. 劉振瀛の訳文は「我是只猫児。要説名字吗、至今还没有。」となっています。

これは簡単に訳しているように見えますが、中国では猫を数えるときは量詞の「只」を使い、人間を数えるときは量詞の「個」を使います。ここで量詞の「只」を入れる事によって猫を人間と区別し、猫は人間と違って、猫であることの自負を強調することが出来ています。

また「要説…吗」（名前のことですが）の表現では間をおくことで、今まで名前がないことに対しての不満と劣等感から来た恥ずかしさをうまく表現しています。劉振瀛の訳は、言葉の裏に隠された意味まで含めて訳していることが窺えます。

現代においての漱石の研究については、劉振瀛の漱石に関する研究を、『日本文学論集』（北京大学出版社 1991 年）に収録しています。また、1990 年（平成 2 年）に日本に留学した青年学者李国栋の『夏目漱石文学主脈研究』が北京大学出版社から出版されています。これは、漱石の長編小説に関して評論しています。1998 年（平成 10 年）、和少賢の 28 万字の著作『日本文学巨匠夏目漱石』が、中国文学出版社によって出版されています。これは、漱石の文芸理論と文芸思想に関しての専門研究になります。日本においても、ここまで深く漱石の文学理論を研究した例はほとんどないとされています。中国で、如何に漱石に関する研究が行われているかという証拠になります。中国における漱石の研究に関する専門家は、劉振瀛、孫席珍、林煥平、王向遠、李国栋などが挙げられます。

おわりに

　明治時代はすでに歴史になりましたが、漱石が行なった明治日本の近代化プロセスの反省と批判は、現代社会において依然として重要な意義を持っています。

　第二次世界終戦後、日本は「第二次サブ近代化」、政治システムの民主主義改革を完了し、すぐに世界をリードする経済大国となり、欧米諸国に「アジアの優等生」と認められるようになりました。日本が政治や経済の領域で獲得した近代化の成果は世界中の注目を集めました。

　ただし、社会組織や精神文化の領域では、日本の近代化は未完成のままです。西欧の学者が指摘したように、戦後日本では、権力をどれだけ制限すべきか、市民の個人の生活に関し、どの程度、干渉する可能性があるのかについて、超越普遍主義的信念の実際のサポートがまだ足りていません。戦後日本の政治思想史領域の先駆者であり、創始者である丸山眞男はまた、「近代の個人」の真の独立と覚醒、現代市民の人格と信念の完全な確立を、生涯の学術主題の目標にしています。そういう意味で、漱石と丸山の思想は今日の日本社会でも生きており、彼が提唱した東洋式と西洋式の現代西洋の内部超越の文化的伝統個人主義を融合する思考は、現代中国で伝統文化の近代的な変容をどのように実現するか、ある意味、啓発的な効果をもたらすことが期待できると思われます。言い換えれば、漱石の作品は日本だけではなく、中国の読者にも共鳴を覚えさせ、それが生きていくうえでの指針として、日本や中国でも、時代を超えて、これからも多くの人に読み続けられると思われます。

あとがき

　最後までお読みいただき、ありがとうございました。

　東洋と西洋の間を彷徨った夏目漱石の魂の行方を、お分かりいただけたでしょうか。

　幼少期から親しんできた漢文学は、彼の心にしっかりと根付いています。夏目漱石の魂の軌跡は、中国と日本の間で彷徨った私の魂に置き換えることができます。私は、中国で日本文学に興味を持ち、日本に留学しましたが、やはり中国と日本の違いに惑わされてきました。

　その惑いをなくすため、漱石が英国に留学した2年間について、長年研究してきました。このたび、この本の出版にあたり、是非とも英国での足跡を辿る必要があると思っていたところ、機会を得て、2019年7月3日から9日までの七日間、英国を訪問することができました。長年の念願が叶ったのです。

　ロンドンへの機内は、アジアと違う西洋の雰囲気に満ちていました。当然ですが、もっぱら英語が耳に入ってきます。隣り合ったニュージーランドの方と、しばらく話しをしていましたが、既に機内は異国でした。

　ロンドン・ヒースロー空港に到着し、外に出た瞬間、目に入った景色は、漱石が1900年に留学していた当時のイメージとはずいぶん異なり、道路も整備され、現代化されていました。空港は想像していたよりも少し小さく、古い感じがしました。夏のせいか、気候は快適で空もきれいでした。

　漱石がロンドンに来たのは10月末でした。当時は、温暖化した現在よりも寒かったでしょうし、留学生活への不安を抱え、気が晴れなかったのではないでしょうか。中国から日本に来て、更に日本から英国、しかも短期間の気軽な旅行者に過ぎない私に比べ、夏目漱石は初

めての外国、しかも2年間という長い期間が待ち受け、さぞ心細かったことでしょう。

　漱石が訪問した大英博物館やトラファルガー広場などに足を運びながら、私が眺めている景色は、当時の漱石にどのように映ったのかなと想像しながら、旅を続けました。

　2012年（平成24年）には、中国の大連を訪ね、そこでも漱石が泊まっていたホテルや利用していた喫茶店に足を運びました。同じ時代に生まれていたら、漱石と少し会話できたかもしれないなと空想しながら、コーヒーを味わいました。

　漱石については、深く掘り下げて調べてみると、まだまだ新しい発見がたくさん出てきます。それは今後の研究の楽しみでもあります。

　この本がきっかけになり、一人でも多くの方が夏目漱石の魂に心を傾けてくだされば、私の望外の悦びです。

トラファルガー広場のライオン像

ネルソン提督像

　漱石は「印象」という作品で、ロンドンのトラファルガー広場を描写しています。この広場は 1805 年、英国軍がフランス・スペイン連合艦隊とのトラファルガーの海戦に勝利したことを記念して造られました。この戦いで敵艦隊を撃破しながらも、戦死したイギリス海軍のホレイショ・ネルソン提督を称える記念碑（高さ約 46㍍）が建ち、頂上にはネルソン提督像が据えられています。台座の周囲にあるライオン像は、1782 年に沈没したイギリス軍の船ロイヤル・ジョージ号の大砲から作られたとされ、日本の百貨店「三越」の前で、お客を迎えているライオン像のモデルと言われています。

アフタヌーンティー

　イギリスの食文化の一つにもなっているアフタヌーンティーを現地で体験しました。漱石の作品「下宿」の中の一場面でも描かれています。

シェイクスピアの生家

　筆者は英国を旅行した際、ロンドン郊外にあるシェイクスピアの生家を訪ねました。漱石は留学中に、シェイクスピア研究家のウイリアム・クレイグにシェイクスピアについて学びました。この交流を綴った短編「クレイグ先生」を残しており、日本に帰国後、東京帝国大学や第一高等学校でシェイクスピアを教えていました。

大連・大連ヤマトホテル

　1909年（明治42年）秋、漱石は南満州鉄道総裁の中村是公の招待で満州（現・中国東北部）、朝鮮を旅します。9月6日に大連に着きました。是公は、漱石の第一高等中学校時代の友人で、江東義塾で講師として共同生活をしたこともあります。これを題材に『満韓ところどころ』という作品を著しました。写真は漱石が利用した「大連ヤマトホテル」（現・大連賓館）と喫茶店

喫茶店

1896年（明治29年）、第五高等学校（現・熊本大学）の教師となった夏目漱石は、英国に留学するまでの4年余を熊本で過ごしました。熊本を題材にした作品も数多く残しており、中でも、玉名市の小天温泉を舞台にした小説『草枕』は代表作として知られています。熊本市内のゆかりの地を紹介します。

　最初に降り立ったのが、現在のＪＲ上熊本駅で、駅前には、「草枕の道」の案内板、漱石の立像があります。熊本大学には、五高時代からの正門「赤門」（国指定重要文化財）が残り、漱石が教鞭をとっていた当時をしのばせています。

　漱石は熊本滞在中、引っ越しを繰り返し、6軒の家に住みました。このうち、5番目の「内坪井旧居」では1年8か月を過ごしました。（2020年3月から、工事のため休館中）。3番目の「大江旧居」は本来、現在の新屋敷地区にありましたが、1972年（昭和47年）に、水前寺公園に移築復元されました。内部が期間限定で公開されています。

熊本大学の門

大江旧居

上熊本駅前の案内板

夏目漱石立像（ＪＲ上熊本駅前）

大江旧居の内部

内坪井旧居の門

筆者のメッセージ

　この『夏目漱石　東洋と西洋の狭間で』をテーマにした原稿を仕上げた頃、アメリカ大統領選挙が行われていました。明治時代から現実に引き戻された気分です。

　本書で述べたように、漱石の魂は東洋と西洋の狭間で翻弄されましたが、彼の心にぶれないものがあったからこそ、自分を失わずにいたと考えます。

　漱石が英国に留学した時代と違い、現代は交通手段も発達し、宇宙旅行も目の前にやって来ています。また、デジタル化の進展で、多様な情報を瞬時に世界中に伝えることが可能です。

　こうした様々な情報が錯綜している国際社会だからこそ、漱石の考え方や指針が必要です。海外を訪ねた漱石や福沢諭吉らは、現在、行われているような国際理解教育を経験しなくても、皆、立派な国際人として行動しました。

　「西洋人がこれは良い詩だと言っても、自分が心からそう思わなければ、受け売りすべきではない。我々日本人は、イギリスの奴隷ではない。一個の独立した日本人である限り、自分のしっかりした見識を持つべきだ」。漱石が説いた国際人としての在り方は、時代が変わっても、指針となり、人々を正しい方向に導くと信じています。

　皆さんも、錯綜している情報に流されることなく、立派な国際人として生き抜いてほしいと思います。

略年譜

　1867年（慶応3年）1月5日 - 江戸牛込馬場下横町（現・東京都新宿区喜久井町）に父・夏目小兵衛直克、母・千枝の五男として生まれる。夏目家は代々名主であったが、当時家運が衰えていたため、生後間もなく四谷の古道具屋に里子に出されたものの、すぐに連れ戻される。

　1868年（明治元年）11月 - 新宿の名主・塩原昌之助の養子となり、塩原姓を名乗る。

　1869年（明治2年）- 養父・昌之助、浅草の添年寄となり浅草三間町へ移転。

　1874年（明治7年）- 養父・昌之助と養母・やすが不和になり、一時喜久井町の生家に引き取られた。浅草寿町戸田学校下等小学第八級（のち台東区立精華小学校。現・台東区立蔵前小学校）に入学。

　1876年（明治9年）- 養母が塩原家を離縁され、塩原家在籍のまま養母とともに生家に移った。市ケ谷柳町市ケ谷学校（現・新宿区立愛日小学校）に転校。

11、12歳頃の金之助

1878年（明治11年）
　　　2月 - 回覧雑誌に『正成論』を書く。
　　　10月 - 錦華小学校（現・千代田区立お茶の水小学校）・小学尋常科二級後期卒業。

1879年（明治12年）
　　　3月 - 東京府第一中学校正則科（東京都立日比谷高等学校の前身）第七級に入学。

1881年（明治14年）
　　　1月 - 実母・千枝死去。府立一中を中退。私立二松学舎（現・二松学舎大学）に転校。

1883年（明治16年）
　　　9月 - 神田駿河台の成立学舎に入学。

大学予備門時代の金之助（1886年）

1884年（明治17年）-自炊生活をしながら成立学舎に通学。

　　　　9月-大学予備門［1886年（明治19年）に第一高等中学校（後の第一高等学校）に名称変更］予科入学。同級に中村是公、芳賀矢一、正木直彦、橋本左五郎などがいた。

1886年（明治19年）

　　　　7月-腹膜炎のため落第。この落第が転機となり、のち卒業まで首席を通す。中村是公と本所江東義塾の教師となり、塾の寄宿舎に転居。

1888年（明治21年）

　　　　1月-塩原家より復籍し、夏目姓に戻る。

　　　　7月-第一高等中学校予科を卒業。

　　　　9月-英文学専攻を決意し本科一部に入学。

1889年（明治22年）

　　　　1月-正岡子規との親交が始まる。

　　　　5月-子規の『七草集』の批評を書き、初めて〝漱石〟の筆名を用いる。

1890年（明治23年）

　　　　7月-第一高等中学校本科を卒業。

　　　　9月-帝国大学（のちの東京帝国大学）文科大学英文科入学。文部省の貸費生徒となる。

帝国大学時代の漱石（1892年6月）

1891年（明治24年）

　　　　12月-『方丈記』を英訳する。

1892年（明治25年）

　　　　4月-分家。北海道後志国岩内郡吹上町に転籍する（徴兵を免れるためとの説がある）。

　　　　5月-東京専門学校（現在の早稲田大学）講師となる。

1893年（明治26年）

　　　　7月-帝国大学卒業、大学院に入学。

10月-高等師範学校（のちの東京高等師範学校）の英語教師となる。

第五高等学校教授時代の漱石

1895年（明治28年）

4月-松山中学（愛媛県尋常中学校）に菅虎雄の口添えで赴任。

12月-貴族院書記官長・中根重一の長女・鏡子と見合いをし、婚約成立。

1896年（明治29年）

4月-熊本県の第五高等学校講師となる。

6月-中根鏡子と結婚。

7月-教授となる。

1897年（明治30年）6月-実父・直克死去。

1900年（明治33年）5月-英国に留学（途上でパリ万国博覧会を訪問）。

1902年（明治35年）9月-正岡子規没。

12月-ロンドンを発ち、帰国の途につく。

1903年（明治36年）

1月-帰国。

4月-第一高等学校講師になり、東京帝国大学文科大学講師を兼任。

1905年（明治38年）

1月-『吾輩は猫である』を『ホトトギス』に発表（翌年8月まで断続連載）。

12月-四女・愛子誕生。

1906年（明治39年）

4月-『坊っちゃん』を『ホトトギス』に発表。

1907年（明治40年）

1月-『野分』を『ホトトギス』に発表。

4月-一切の教職を辞し、朝日新聞社に入社。職業作家としての道を歩み始める。

6月-長男・純一誕生。『虞美人草』を『朝日新聞』に連載（-10月）。

1908年（明治41年）

1月『坑夫』（-4月）、6月『文鳥』、7月『夢十夜』（-8月）、9月『三四郎』（-12月）を『朝日新聞』に連載。

12月-次男・伸六誕生。
1909年（明治42年）
　　3月-養父から金を無心され、そのような事件が11月まで続いた。
1910年（明治43年）
　　6月-胃潰瘍のため内幸町の長与胃腸病院に入院。
　　8月-療養のため修善寺温泉に転地。同月24日夜、大量に吐血し、一時
　　危篤状態に陥る。
1911年（明治44年）
　　2月21日-文部省からの文学博士号授与を辞退。
1914年（大正3年）
　　4月-『こゝろ』を『朝日新聞』に連載（-8月）。
　　11月-「私の個人主義」を学習院輔仁会で講演。
1915年（大正4年）
　　6月-『道草』を『朝日新聞』に連載（-9月）。
1916年（大正5年）
　　5月-『明暗』を『朝日新聞』に連載（-12月）。
　　12月9日-午後7時前、胃潰瘍により死去。49歳。戒名・文献院古道漱石
　　居士。
1984年（昭和59年）11月-千円札に肖像が採用される。

謝　辞

　この本を出版するにあたり、終始温かく見守って下さった梓書院の前田司氏と田上賢祐氏に深く感謝いたします。前田氏には、全体の流れやデザインについて相談に乗っていただき、原稿執筆をスムーズに進めることができました。田上氏には日頃から原稿の進み具合を気にかけていただき、文章の表現などについても的確なアドバイスを頂戴しました。また、同じ大学の同僚に当たる森信之氏からは的確な助言と激励を賜り、また、貴重な時間を割いて、編集作業を手伝ってくださいました。お三方がいらっしゃらなければ、この本を完成させることはできなかったでしょう。最後になりましたが、激励をいただいたたくさんの友人にも感謝の意を表します。

【著者】

高　継芬 （コウ　ケイフン）

1968 年 9 月 9 日、中国に生まれ、1990 年 9 月 26 日に来日。
1992 年 4 月から 1998 年 3 月まで、福岡大学及び大学院に在籍し、日本語日本文学を専攻。
1998 年 4 月から、九州看護福祉大学（熊本県玉名市）勤務、基礎教養教育研究センターに所属し、文学、アジア文化、中国語会話などの科目を担当。
2018 年 8 月に、韓国・新羅大学で、『万葉集』の「防人歌」研究―『詩経』の「戦争詩」と『全唐詩』の「返塞詩」との比較を中心に―のテーマで文学博士号を取得。東アジア日本語教育・日本文化研究学会理事。

【表紙絵】

奥村 門土 （おくむら　もんど）

表紙や本文中の夏目漱石の似顔絵は、福岡市在住の画家、イラストレーター奥村門土さん作。奥村さんは 2003 年、福岡市生まれ。画集『モンドくん』（PARCO 出版）を発行したほか、雑誌「ヨレヨレ」、瀬戸内寂聴著『死に支度』、鹿子裕文著『へろへろ』『ブードゥーラウンジ』の表紙・挿絵も担当。映画「ウィーアーリトルゾンビーズ」では俳優、家族バンド「ボギー家族」では音楽と、幅広く活躍中。

夏目漱石　東洋と西洋の狭間で

令和 3 年 3 月 31 日発行

著 者　高　継芬
発行者　田村志朗
発行所　㈱梓書院
〒 812-0044 福岡市博多区千代 3-2-1
tel 092-643-7075　fax 092-643-7095

印刷・製本／青雲印刷

ISBN978-4-87035-712-9　©2021 Ji fen GAO. Printed in Japan